マキおばあちゃん、五年生だったころ

佐藤ふさゑ

てらいんく

マキおばあちゃん、五年生だったころ

もくじ

善助《ぜんすけ》が村にやってきた

昭和二十二年十二月。マキ四年生。

静岡県《しずおかけん》の富士山《ふじさん》のふもとにある村は、いつもはひっそりしているが、正月を迎《むか》える準備《じゅんび》で、なんとなく、ざわめいていた。

冬休みの宿題で提出《ていしゅつ》するため、マキは縁側《えんがわ》で、西の山を写生していた。空をぬり終わって、絵筆をおいた。

そのとき、家のわきの県道の下の方から、なんでも屋の鳴らすかねの音がきこえてきた。

チンチンチリリン　チンチンチリリン
音はだんだん大きくなってきた。まもなく下《しも》の家のヤブツバキの木かげから、品物を一ぱい積んだリヤカーが現《あらわ》れた。

リヤカーに組んだやぐらにつるされたなべややかんが、ガチャガチャとにぎやかな音をたててゆれている。

「マキ、亀吉《かめきち》さんがきたわ。洗濯石《せんたく》けんあるか、きいてきて」

部屋で、マキの正月用の着物を仕立てているかあさんがいった。

「いいけど。あれ？　亀吉さんじゃないよ」

かあさんが、縁側から外をのぞいた。

「あら、ほんと。亀吉さん、どうしたのかしら」

かあさんは、そういいながら、玄関《げんかん》へまわった。

なんでも屋の屋台は、マキの家の門の前に止まった。

リヤカーを引いてきた男は、古びた茶色の皮ジャンパーを着て、うす茶色の鳥打ち帽子《ぼうし》をかぶっている。

マキの父さんと同じくらいの年に見える男は、マキとかあさんに、もみ手をしながら、ペコリとおじぎをした。

「やあ、景色《けしき》のいいとこですなあ」

目の前の、雪をかぶった富士山に目を見はりながら、男は、へんにうわずった声でいった。

「頂上《ちょうじょう》の真ん中に剣《けん》が峰《みね》がとがっていて、右肩《みぎかた》から下がった稜線《りょうせん》に、宝永山《ほうえいざん》のなだらかな丸み。いやあ、みごとな富士山でやす。こんなみごとな姿《すがた》を見られるとこは、ほかにはござりやせん」

男は、景色《けしき》をほめた目を、マキの家の表札に移《うつ》した。

「ほう。峰尾《みねお》さんですか。ご立派《りっぱ》なかまえでやすねえ。わたしは、沢村善助《さわむらぜんすけ》と申しやす。となりの松原町《まつばらちょう》に住んでおりやす。これからこの村にも、ちょいちょいおじゃましやすんで、ひとつ、ごひいきに」

そういって、いかにもあいそよく、マキたちに笑いかけた。

よくしゃべる男だ。どこのことばだか知らないけれど、やす、の多いおじさんだ。マキは思った。

そこへかねの音をききつけて、地区の人たちが集まってきた。

「あれ、亀吉《かめきち》っつあん、どうしたずら」

さえ子のかあさんがきいた。

「はぁ、善助と申しやす。亀吉っつあんのかみさんが入院しやしてね。その付きそいですわ。今日は、こちらへ行く日なのに、って気にしやしてね。それで、わたしが、代わりに来たんですわ。よろしくねがいやす」

「そりゃ、亀吉っつあん、大変だね」

地区の人たちは、善助と、そんなやり取りをしながら、なべや、ざるや、もちあみなどを買った。

「洗濯《せんたく》石けん、あるかしら」

かあさんがきいた。

「ありやすとも。極上品《ごくじょうひん》がね。よく落ちて、手を荒《あ》らさない。理想の石けん。しかも、お安い」

そういいながら、善助《ぜんすけ》は石けんを取り出した。

「おじさん、羽根つきの羽根、ある?」

いつの間にかきた、さえ子がきいた。

「羽根ねぇ。今日はあいにく持ってないけど、明後日、持ってきやしょう。なに、自転車で特別、とどけに来やすよ」

「ついでに、わたしの分も、ね」

と、マキがいった。

「わかりやした。みなさん、どうも、ありがとうございやした」

チンチンチリリ……

善助の引く、リヤカーは、ゆっくりと県道を登っていった。

二日後、善助が、自転車の荷台に大きな箱をのせて、マキの家にやってきた。

「はい、おじょうちゃん、羽根を持ってきやしたよ。さがしましたよ。やっとこれだけ」

といって、三個《こ》、マキの手のひらにのせた。

「で、おくさん、これ、どうです？　いいこんぶでやすよ」

荷台の大きな箱の中には、ぎっしりとこんぶが入っていた。

「まあ、ほんと、いいこんぶだこと。一《ひと》たばいただくわ」

かあさんが目を細めた。

マキは、色とりどりの羽根に見とれながら、早く正月がこないかなあ、と、思っていた。

お正月になった。

赤地に白いボタンの花をそめぬいた晴れ着のさえ子が、羽子板を持ってマキの家に来た。

「わあ、マキちゃんの着物、きれい」

緑色の地に白やピンクや黄色のいろいろな花もようの着物の袖《そで》を広げていった。

「これ、かあさんの若《わか》いときの着物。仕立て直してくれたの。夕べ、できあがったとこ」

「すごくにあうよ。かわいい」

マキとさえ子は、庭で追い羽根をはじめた。

「あれ、この羽根、ちっともはずまないね。音もへん」

さえ子がいった。

「ほんと。あたしたちが下手《へた》なのかしら。すぐ落ちちゃう」

「もっと力を入れて打とうか」

さえ子が力一ぱい打った。羽根は大きな弧《こ》をえがいて、庭のすみの池へポトン。

二人は、池のふちへかけよった。

羽根が池の真ん中に浮《う》いている。まるで、水の上に一輪の花みたいだ。

庭のすみから細い竹の棒《ぼう》を持ってきて、羽根を引きよせた。

羽根を持ちあげた二人は、

「あっ」

と声をあげ、顔を見合わせた。

羽根についている黒い玉は、ムクロジだと思っていたのに、四倍くらいにふやけて、ネズミ色に。

「やーだこれ。紙をのりでかためて黒くぬって、ムクロジに見せかけてたのよ。はずまないし、音もへんだったもの。なんでも屋の善助《ぜんすけ》って、信じられないね。こんど来たら、いってやろ」

「そうよ。こんなインチキ羽根、一日中さがしたとかいってさ。正月からだまされて、いやねえ」

「マキちゃん、打つと、ポーン、ポーンっていい音がする、本物のムクロジの玉がついた羽根で、羽根つきしたいね」

そこへ、ほろよいかげんの、マキの父さんが来た。

「どうした？　二人とも」

「見て、父さん。善助っていうおじさんが持ってきた羽根、こんなになっちゃった」

五枚《まい》の羽根の根元から、びらんとたれたうす黒い紙を見て、父さんは、

「ハハハハハ。売ったその人も知らなかったかもよ。だましたのは、作った人だよ」

おこるどころか、大笑い。

「ムクロジ拾ってきて、そのきれいな羽根をさせば、本物の羽根になるよ」

「どこにあるの？　その木」

「あの、英雲寺《えいうんじ》の境内《けいだい》に、でかいムクロジの木があるよ。今ごろ、実が一ぱい落ちてるだろうよ」

「行こ、さえ子。服に着がえて」

二人は英雲寺へ急いだ。

いそぎ足で十五分。二人は英雲寺へ着いた。

広い境内《けいだい》は古くて大きなスギが何本も立っていて、ひるまなのに、うす暗い。

スギのほかにも、葉の落ちた大きな木がたくさんあり、根元には落ち葉が積もっている。

「どれがムクロジだろ。木の特徴《とくちょう》とか、きいてくればよかったね」

「ほんと、わたしたちって、あわてんぼ」

二人は落ち葉をかきわけて、ムクロジの実をさがした。

「さえちゃん、こんなことしてると日が暮《く》れちゃう。帰って父さんに、きいてみよ」

マキが心細くなってそういったとき、かすかにたき火のにおいがただよってきた。

「あ、だれか、たき火してる。行って、きいてみよ」

うす紫《むらさき》にたなびいてくる煙《けむり》をたどっていくと、年とったお坊《ぼう》さんが、僧坊《そうぼう》の庭で落ち葉を燃《も》やしていた。

二人の気配に、お坊さんがふり向いた。

「こら、無断《むだん》で入ってきちゃいかんぞ」

なんだかこわい顔。

「お、め、で…とう、ございます」

正月だから、とりあえず二人はあいさつした。

「あのう。ムクロジ、どこですか」

マキはこわごわ。さえ子はうつむいている。

「ムクロジ？　知らんな。ここは、ムクロジではなくて、英雲寺《えいうんじ》じゃ。そんな寺は知らんぞ」

「あのぅ、お寺じゃなくて、羽根つきの羽根についてる黒い玉のなる木……」

マキは、しどろもどろに、ここへ来たいきさつを話した。

「ワッハッハッハ。じょうだんじゃ。そんな顔するな。ほんのたいくつしのぎじゃよ」

お坊さんは、自分のだじゃれが気に入ったのか、マキの話がおかしかったのか、体をそらせて、大声で笑った。

二人はほっとした。

お坊さんが教えてくれた木の下には、しなびたうす茶色の皮におおわれた黒い実が、たくさん落ちていた。

二人は、ポケットに一ぱい拾った。

寺を出ると、さえ子が胸《むね》をなでながらいった。

「あーあ、ドキドキ。こんな思いしたのも、あの善助《ぜんすけ》って人のせいよ」

次の日、さえ子とマキは、羽根作りにとりかかった。

父さんがムクロジの実に、キリで穴《あな》をあけてくれたので、善助が持ってきた羽根の、きれいな羽だけ抜《ぬ》いて、ムクロジにさしかえた。

羽子板でつくと、ポーンといい音を立てて青空にはね上がった。くるくるまわりながら落ちてくるのを、さえ子が打ち返す。

「羽根つきはこれでなくちゃ」

「ほんと。やっとお正月の気分」

二人は羽根つきを楽しんだ。


冬休みも終わりに近づいたある日、また善助《ぜんすけ》がリヤカーを引いてやって来た。

「おじさん、あの羽根、ニセモノだったよ。池に落ちたら、ふやけちゃったよ。しかたがないから、ムクロジ拾ってきて、つけかえたんだからね」

「えっ？　えっ？　そんなぁ。おじさんは知らなかったでやすよ。ヒャヒャヒャ」

善助は妙《みょう》な声で笑った。

「ところでおじょうちゃん、その、ムクロンジーってのは、どこに落ちておりやすか。教えてくれない？」

マキとさえ子は顔を見合わせた。

二人がだまっていると、善助がニヤリ。

「そのうち、わかりまさあ」

ひとりごとのようにいった。

（いやなやつ）

マキがそう思ったとき、

「やあ、善助さん、いらっしゃい」

父さんが家の中から、善助を呼《よ》んだ。

マキたちは、羽根つきをやめて、縁側《えんがわ》にあがり、なんとなくきき耳をたてた。

「峰尾《みねお》さん、この間の馬喰《ばくろう》（牛や馬を売り買いする職業《しょくぎょう》）のことね。いい人をつれてきやすよ。高い値《ね》で引き取らせやすよ。安心しておまかせを。この下の大山《おおやま》さんにも、えらく感謝《かんしゃ》されやしてね。ヒャヒャヒャヒャ……」

マキはふしぎな気がしていた。

インチキ羽根を売るような男を、なんで、父さん、信じて相談ごとなんかするのかな。

家の中から善助の、ヒャヒャヒャヒャ、と笑うへんにうわずった笑い声がきこえていた。

舌《した》切《き》り牛の話

四年生の終業式がすみ、春休みになって二日目。

マキは、二階の自分の部屋の窓《まど》のしきいにほほづえをついて、ぼんやり外をながめていた。

昼ご飯のあとで、父さんに、

「大事な用があるから、マキは二階へ行ってろ」

といわれて上がってきたが、何がおこるのか、マキは、ちょっと心配だった。

「わたしがいてはまずいことって？……」

考えても、マキには思い当たることがなかった。

マキは、家の前の県道へ目を移《うつ》した。

下《しも》の家の背戸《せと》のやぶから、県道へはみだした大きなツバキは、今、満開の花をつけている。

その花を落とさないように通る人はいい人、枝《えだ》を折ったり、花を散らしたりする人は、悪い人――マキは勝手にそう決めている。

ツバキの下に、ふいに、背の高い男と、低い男が現《あらわ》れた。低いほうは善助《ぜんすけ》だ。いつものすり切れた皮のジャンパーを着ている。

背の高い男が、手に持っている棒《ぼう》で、いきなりツバキの花を打った。

いくつかの花が、赤い点となって、道路に散った。

——あ、花をいじめた。最高に悪いやつ。

どこの家へ行くのだろう、と思って見ていると、善助たちは、マキの家の、門の前で立ち止まった。

門を入ると、背の高い男が、庭の、みごとに刈《か》りこまれた黒松《くろまつ》の大木を見上げて、何かいっている。

「峰尾《みねお》さーん。鳥井《とりい》さんをつれてきやしたよ」

善助は、玄関前《げんかんまえ》で、きんきんとうわずった声で、父さんを呼《よ》んでいる。

「やあ、どうも。峰尾です。このたびは、お世話になります」

と、父さんの声。

「鳥井です」

鳥井が、くぐもった声で、ぶっきらぼうにいった。

「なんせ、来光川《らいこうがわ》の橋が工事中だで、川向こうへトラックをおいて歩いてきやしたでしょ。

もう、のどがかわいて……奥《おく》さん、お茶、いただけやすか」

善助《ぜんすけ》が、家の中へ声をかけた。

「どうぞ、どうぞ」

と、かあさんが呼《よ》び入《い》れている。

マキは、階段の上で、息を殺して、階下のようすをうかがっていた。

だが、父さんと鳥井《とりい》の会話はきこえてこない。ときどき、善助の「ヒャヒャヒャ」という
かん高い笑い声がきこえるだけだった。

そのうち、父さんたちが家から出て、牛小屋へ歩いていった。

あいつら、モンちゃんの品定めにきたんだな。父さん、モンちゃんを売る気？

マキの家で飼《か》っているウシ、モンちゃんはつやつやした黒毛の雌《め》ウシで、えさの世話はほ
とんど、マキの仕事だ。

マキが学校から帰って、門を入ると、モンちゃんは、待ちくたびれたように
「ンモーオオー」

と鳴く。

マキは家に入る前に牛小屋へ飛んでいく。首や顔をなでながら、学校であったことなど話
すと、モンちゃんは、まるで、マキの話がわかったようにに何度もうなずく。

父さんは、モンちゃんを売る気だ。

マキは、父さんが二階へ上がってろ、といったわけがようやくわかった。

母屋《おもや》とかぎの手になっている牛小屋は、マキの部屋から、あしたにも咲《さ》きそうなつぼみをつけた、サクラの枝《えだ》ごしに見える。

牛小屋をのぞきながら、

「ね、鳥井さん、いい牛でやしょ」

善助が、自分の牛のようにいっている。

鳥井さんは、父さんに、二《ふた》こと、三《み》こと、何かいい、善助をつれて帰っていった。

門を出ていく鳥井が手に持っているのは、竹の根で作った、むちだった。

マキは階段をかけ降《お》りた。

「父さん、モンちゃんを売るの？」

玄関《げんかん》のあがりがまちに腰《こし》かけて、タバコを吸《す》っている父さんにいった。

「そうだ。しかたがないだろ。舌切《したき》り牛じゃ、いい値《ね》はつかないし、話があったとき、売るほうがいいんだ」

「売らないで、家で、ずっと飼えばいいい」

「そうはいかない。子牛を育てて売るのも、うちの収入源《しゅうにゅうげん》の一つだからな」

「だって、モンちゃんは、わたしが育てたんだもの」

「あしたは、また子牛が来る。それを育てればいいだろ。モンちゃんには、今のうちに、青い草でもたっぷりやっとけ」

「やだよ！　父さんなんかだいっきらい！」

マキは牛小屋へかけていった。

マキを見ると、モンちゃんは、しっぽをふり立て、小屋の中を、ダンスでもするように走りまわった。うれしいときのしぐさだ。

気がすむまでかけまわると、モンちゃんはませ棒《ぼう》（牛小屋の入り口をふさぐ棒）の間から顔を横にして半分出し、マキをなめようとした。

長くのばした舌《した》の先が、一センチくらい、三角形に切れてぶらさがっている。

マキは、目をそむけるようにして、モンちゃんの首や、あごの下をなでてやった。

モンちゃんの舌を切ったのは、マキだ。


去年の秋、氏神様《うじがみさま》の祭りの日、父さんと、かあさんは、神社へ手伝いに行き、家にはマキだけだった。

出かけるとき、父さんが、

「かいばを切って、麦の煮《に》たのを混《ま》ぜて、牛をかって（えさをやって）おけ」

といった。

牛小屋へ行ってみると、かいば置き場がからっぽだ。

納屋《なや》からワラ束を持ってきて、牛小屋のそばの、かいばをためておくかこいの前に置いた。かいば切りを持ってきて、切ったかいばが、直接《ちょくせつ》そこへ入るように置き、かいば切りの箱にワラをつめた。

かいば切りは手動式で、八十センチくらいの高さの台に、細長い箱が載《の》っている。その箱の前のところに、歯車と、刃《は》がついている。刃のついた柄《え》を持ちあげると、歯車に作用して、ワラ押《お》さえが箱の中のワラを五センチほど押し出し、それを切る、という動作をくり返すものだ。

モンちゃんは、お腹《なか》がすいたのか、ませ棒の間から、顔を半分のぞかせては、さいそくしている。

モンちゃんにせかされるのと、かいば切りになれてきたのとで、マキが調子にのって切っていると、どうしたことか、三本あるうちの、真ん中のませ棒がはずれて落ちた。

なおも調子にのって切っていると、ませ棒の間からヌーッと、モンちゃんの顔が出た。

あっという間もなかった。モンちゃんの舌先が、マキが押している刃のところまでのびた。

瞬間《しゅんかん》、マキの手に、ワラではないものを切った感触《かんしょく》が走った。あわてて手を止めた。

見ると、モンちゃんの舌先《したさき》が、三角の切れはしになって、舌にぶらさがっている。

マキは呆然《ぼうぜん》とモンちゃんを見つめていた。モンちゃんは、ゆっくりした動きで、小屋のすみへうずくまってしまった。

モンちゃんが、死んでしまう。どうしよう。こうしてはいられない。

マキは必死になって氏神様《うじがみさま》へ走った。

父さんは、あわてて家に帰り、紋付姿《もんつきすがた》のことも忘《わす》れて、牛小屋へ飛びこんだ。

モンちゃんは、敷《しき》わらの上にうずくまって、口から、ダラダラよだれをたらしている。

「これ、舌をだして見せな」

父さんが口を開けさせようと、モンちゃんの顔に手をのばした。

モンちゃんは、顔をそむけて、口をモゴモゴ動かし続けるだけだった。

「マキ、炊事場《すいじば》へ行って、大麦の煮《に》たのと、塩を持ってこい。それに、のき下につるしてある大根葉もな」

干《ほ》した大根葉はモンちゃんの大好物。父さんが、マキの用意したエサを、うまく混《ま》ぜて、かいばおけに入れた。

すると、モンちゃんは、のっそりと立ってきて、ゆっくり、それを食べはじめた。

今にも、ぶらさがった舌が切れて、エサと一しょに胃袋《いぶくろ》の中へ入っていきはしないかと、マキはハラハラして見ていた。

「エサを食べられるようなら、いのちに別条《べつじょう》はなさそうだ。切り落としていたら、大変だったぞ。舌を巻きこんで、窒息死《ちっそくし》してしまうとこだった。ま、これで、治っても、値打《ねう》ちは半《はん》減《げん》だがな」

かいばを食べ終わっても、モンちゃんの舌はちぎれて、胃袋へは入らなかったので、マキは一安心した。

そのあと、父さんにきびしくしかられた。

「牛小屋のませ棒《ぼう》の前でかいばを切るやつがあるか。手を省こうとするから、こういうことになる。もっと仕事に身を入れてやれ。よく考えるんだ」

マキは、父さんにしかられたことよりも、モンちゃんにすまない気持ちで一ぱいだった。

次の日からマキは、学校から帰ると、毎日めかご一ぱいの青草を取ってきて、かいばに混《ま》ぜて食べさせた。

敷わらを取り替《とか》えたり、大きなブラシで体をこすってやったり、今まで以上に、モンちゃんの世話をした。

モンちゃんは、村じゅうの、どの家の牛よりも黒ぐろと光った、いいつやをしている。

でも、父さんは、モンちゃんを、舌切《したき》り牛と呼《よ》んで、早く売りたがっている。

それで、いつもは、あまり信用していない善助《ぜんすけ》に、馬喰《ばくろう》のあっせんをたのんだにちがいない。マキはそう思った。

次の日。きのうは、モンちゃんを見るだけで帰っていった善助と鳥井《とりい》が、今日は、子牛をつれて県道をのぼってきた。

鳥井は、きのうのように、ツバキの花を打ったりはしなかったが、かわりに、善助に引かせている小牛のしりをたたいて、追い立てている。

階下へ降《お》りて、父さんにいった。

「父さん、善助たちが、きたない子牛をつれて、こっちへ来るよ。あんな子牛と、モンちゃんを取りかえるの？　あたし、いやだよ」

「いいから。マキは上へ行ってろ」

父さんを無視《むし》して、牛小屋へ行こうと、マキが、玄関《げんかん》の戸を開けると、鳥井の顔が、目の前にあった。

マキは、はじめて鳥井の顔を間近に見た。つりあがったまゆと目。ふきげんそうに結んだくちびる。鼻がいやに高い。メンコに描《えが》いてある、ドラキュラみたいだ。年は、善助より少し若《わか》く見える。

黒い皮ジャンパーを着て、小さなバッグを引っかけた手を、そのまま左ポケットにつっこんでいる。右手には、ゴツゴツした竹の根でできた、長さ七十センチくらいのムチを持っている。それをヒュッ、ヒュッと空打《からうち》してうならせている。

なんだかこわくなって、マキは二階へかけあがった。

窓《まど》から見ていると、モンちゃんが、牛小屋から引き出された。

ああ、モンちゃんがつれていかれる。あんなにかわいがったのに、あしたから、顔もなでてあげられないし、声もきけない。

そんなの、いやだ。そう思っても、マキには、どうしようもないことだった。

そうだ、モンちゃんは舌切り牛だ。

――モンちゃん、舌を出しなさい。神様、舌が切れてることがもとで、この話がこわれますように――

マキは祈《いの》った。

牛小屋の前では、鳥井が、くぐもった声で父さんに何かいいながら、指を二本出したり、三本出したりしている。

「じゃ、そのへんで手を打ったらいかがでやす?」

善助《ぜんすけ》がいった。

鳥井《とりい》と父さんで、パパパン、パン、と手打ちが終わり、茶色がかった、毛並《けな》みにつやのない子牛が小屋に入れられた。

子牛は、親から引きはなされ、見知らぬ小屋へ入れられてとまどっているのだろう。やぎのような声で鳴き続けている。

舌《した》を見やぶられなかったモンちゃんは、二人につれられて、県道を下っていった。

下《しも》の家のツバキの下で、モンちゃんは家の方をふり返り、ありったけの声で、

「ンモーオオー」

と鳴いた。

マキは胸《むね》が一ぱいになり、階段をかけ下り、下駄《げた》をつっかけて飛び出した。

「追ってどうなる」

父がマキの腕《うで》を引っぱった。

「モンちゃんがかわいそうでしょ。父さんのいうことなんて、きかない！」

「おまえが舌なんか切るから悪いんだ。話があったとき売らなきゃ、買いたたかれるだけだからな。だけど、あいつが舌を出さなかったから、思ったよりいい値《ね》で売れた」

父さんは札束をマキに見せながらいった。

「そんなもの、見たくない。モンちゃんを返してよ」

「あのチビ牛を、モンちゃんのようにかわいがればいい」

「やだよ。あんな、うすぎたない牛」

「マキは子牛を育てるのが上手じゃないか。また、あのチビをモンちゃんのようにいい毛並みにしてみな」

「やだったら、やだ。二度と牛の世話なんかしてやらない！」

牛小屋からは、メェメェとひっきりなしに鳴き声がきこえてくる。

鳥井につれていかれたモンちゃんは、今ごろ、どんな気持ちで歩いているんだろう。

マキの目に涙《なみだ》がもりあがってきた。父さんに涙を見られたくないので、マキは、あわてて階段をのぼった。

胸に大きな穴《あな》があいたような気持ちで、ぼんやりと県道を見下ろしていると、十分くらいたっただろうか、ツバキの下から、モンちゃんと善助と鳥井が現《あらわ》れた。

門からかけこんできた善助が、

「峰尾《みねお》さーん、峰尾さーん」

と大声で父さんを呼《よ》んだ。

父さんが、なにごと？　という顔で玄関《げんかん》から出てきた。

「ひどいじゃないの、峰尾《みねお》さん。こんな、かたわものを、だまって引《ひ》き渡《わた》すなんて。さっき、こいつが道端《みちばた》で草を食おうとしたんで、見たら、舌《した》の先が切れてるじゃないか。どうしてくれるんだい。このおとしまえをよ」

善助《ぜんすけ》が目をむいて父さんにせまっている。いつものおどおどした善助とは、別人のようだ。

鳥井《とりい》はモンちゃんの鼻づなを持って、だまって立っている。

マキが玄関《げんかん》から出ていくと、モンちゃんはうれしそうに、マキの方へかけ寄《よ》った。その鼻づなを、善助がぐいっと引っぱった。

「峰尾さん、こんな牛、肉屋にも売れねえ。舌だって、立派《りっぱ》な商品なんだぜ。牛が口を開かなかったことをいいことに、わしらをだまし通そうなんて。ただじゃすまねえよ。どうしてくれるんだ。え、峰尾さん」

モンちゃんが、マキに顔をすり寄せてきたので、なでていると、

「さわるな、がきはひっこんでろ」

いつもは、マキのことを、おじょうちゃんなんていってる善助が、マキをつきとばした。

倒《たお》れたマキを鳥井がおこしてくれた。

おそるおそる見あげると、意外とやさしい目で、マキを見返した。が、それは一しゅんのことで、また、ふきげんにおしだまって、父さんと善助のやり取りを見ている。

「善助《ぜんすけ》さん。そっちだって、ろくに確《たし》かめもしないで、手を打ったんだ。わたしだけが悪いんじゃなかろうが」

父さんがいった。

「ほう。峰尾《みねお》さん、いうじゃないか。鳥井《とりい》さんをだましたんだよ。馬喰《ばくろう》仲間じゃ、親分筋《おやぶんすじ》の鳥井さんをだよ。こっちの条件《じょうけん》をいってやろう。さっきの金と、あの子牛の上に、二割がたのせな。こっちは、それでチャラにしてやるよ」

「そんな金はないね。鳥井さん、子牛と金、返すから、持ってっとくれ。気がすまないんなら、そのむちで打つなりなんなりしたらいい。舌《した》のことをだまってたのは、確かにわたしが悪い。けどな、舌が切れてなきゃ、だれがこんな安値《やすね》で手放すもんか」

父さんいいぞ。マキは父さんを見直した。鳥井はむちをぶら下げたまま、だまって立っている。

――まったく、善助が来ると、ろくなことがおこらないんだから。さっさと、きたない子牛をつれて帰ればいい――

マキがそう思っていると、鳥井が一歩前に出て、父さんと向き合った。

マキはドキッとして、父さんの前に立った。

「峰尾さん、なが年、牛馬をあつかってきながら、毛並《けな》みのよさにほれこんで、舌の傷《きず》に気づかなかったのは、わしの不明。はずかしいくらいだ。この話は、なかったことにしましょう」

鳥井が、芝居《しばい》のセリフのように、一ことずつ区切って、ゆっくりといった。

「鳥井さん、そんなことといって。いいんですかい。それじゃ、わしはどうなるでやすか」

「もういい」

鳥井はさっさと門の方へ歩き出した。

「うまくやったな。峰尾さん」

善助は小屋から子牛を引き出し、鳥井さんのあとを追っていった。

自分の小屋へもどったモンちゃんは、喜んで、小屋の中をかけめぐった。

五日後。

鳥井が、一人で黒毛の子牛をつれてやってきた。

善助ときたときとは、別人のようにやさしい顔に見える。鳥井にも、善助は、わずらわしかったのだろうかと、マキは思った。

「先日はどうも。はがきに書いたとおり、やっぱり、あの牛がほしくてね。このとおり、上等の子牛をつれてきましたよ。いかがです？　この間の分に、これだけ上のせして」

鳥井は、少してれくさそうに父さんにいって、バッグから、いくらかのお金を出した。

「そういうことなら、こっちもたすかります」

父さんと鳥井《とりい》の間で、話はあっさりまとまり、モンちゃんは、また、売られていくことになった。

マキは、かなしかったけれど、子牛を大きく育てて、また、子牛と換《か》えて、飼育《しいく》した分お金をもらう、というのは、農家の生活のために、しかたがないことだとあきらめた。

でも、モンちゃんがどうなるのか、心配だった。

「おじさん、モンちゃん、肉屋へ売られるんですか」

と、おそるおそるきいた。

鳥井は、つり上がったまゆと目を、パタリとさげて、端正《たんせい》な顔をくずした。

「フハハハハ。おじょうちゃん。心配いらないよ。馬喰《ばくろう》をやめた、わたしの仲間が、牧場《ぼくじょう》をやることになって、いい雌牛《めうし》を集めているんだよ。舌《した》が切れてたって、この牛なら、きっと、いい子牛をたくさん生んでくれるだろう。山すその広い牧場で、大切に飼《か》われるよ」

鳥井につれられていくモンちゃんも、話がわかったらしく、安心したような足どりで、県道を下っていった。

牛小屋の前のナツメの木につながれた子牛は、つやつやした黒毛で、子牛のころの、モンちゃんに似《に》ていた。

春の小川に

「だれか、子ネコいらない？　目が青くて、顔や手足と、しっぽがこげ茶色で、体がクリーム色の、めずらしいネコの子だよ」

マキとさえ子が教室へ入っていくと、国夫《くにお》の大きな声が耳に入った。

「おまえんとこのシャムネコだろ。あれ、気持ちわりいんだよな。あんなネコ、いらねえよ」

マキの後ろの席の正二《しょうじ》がいった。

「マキちゃん、いらない？」

国夫の大きな目が、マキを見た。

「うちはだめ。かあさんがネコぎらいだもの」

「さえちゃんちは？」

「うちにはチョビがいるもの」

「うーん。なんで、みんないらないの？」

「だから、気持ちわりいんだってば」

正二がいった。

後ろの方で隆《たかし》の声。

「おまえんちで、みんな飼《か》えばいいじゃん」

「そうはいかないから、みんなにたのんでるのに。シャムは買えば高いんだってよ」

「そんなら、松原町《まつばらちょう》の動物屋で買ってもらえばいいよ」

と、また正二。

シャムネコは、国夫の姉がどこからかもらってきたものだ。村の人たちは、その見なれないネコを気持ちわるがった。

「動物屋へ売るには、血統書《けっとうしょ》とかいるんだよ。うちのチャゲは純粋《じゅんすい》なシャムだけど、となりのニャロが追っかけてたから、あいつの子なら雑種《ざっしゅ》だもん。売れやしないよ」

「だったら捨《す》てちゃいいな」

隆がこともなげにいった。

「そうだ、そうだ」

みんなそういった。だれもほしいとはいわなかった。

シャムネコの子って、どんなかな？　とマキは思った。

マキはネコがきらいじゃない。かあさんがきらいだから飼《か》えないだけだ。

「ねえ、国《くに》ちゃん、もらわないけど、ネコの子、見せて。帰りに寄《よ》るから」

「いいよ。まだまっ白でかわいいよ。目だけは青いけどね。気に入ったら、もらってね」

国夫《くにお》の家は、マキの帰り道の途中《とちゅう》にある。

さえ子とマキが、国夫の家の、きれいに刈《か》りこまれたマサキの生《い》け垣《がき》づたいに門から入ると、チャゲが落ち着かないようすで、あちこち歩きまわっている。

「かあさーん。マキちゃんたちが子ネコを見たいんだって」

国夫が家の奥《おく》へ向かって大声でいった。

国夫のかあさんが、エプロンで手をふきふき出てきた。

「あ、マキちゃん、さえちゃん。せっかく寄ってくれたのに。子ネコはいないよ」

といった。

「え？　どうしたの。まさか……」

かみつきそうな声で国夫がいった。

「かあちゃんには捨《す》てられなくてね。ちょうど、善助《ぜんすけ》さんが来たから、二百円あげて、川へ捨ててくれるようにたのんだよ」

「いつ」

「つい、さっき」

「行こう！」

国夫がかけ出した。

マキとさえ子も、国夫の家の縁側《えんがわ》へカバンを放り投げて、国夫のあとを追った。

「追っかけて、どうするのよう」

国夫のかあさんの声が追ってきた。

「かあさんのバカ！　もらってくれる人をさがすって、あんなにいったのに」

ふり向きながら、国夫は、ありったけの声でいった。

三人は、ハアハア息をはずませながら、村の人たちが、もらい手のない子ネコや子イヌを捨てる、来光川《らいこうがわ》が見下ろせるところまで走ってきた。

目の前の西の山のふもとまでの、見わたすかぎりの大地が、レンゲの桃色《ももいろ》、菜の花の黄色、黄緑色の小麦畑で、四角模様《もよう》のパッチワークの布のようだ。

「わあ、きれい」

一しゅん、子ネコのことを忘《わす》れて、マキは見とれていた。

「感心してる場合《ばあい》じゃないよ。マキちゃん。早く、善助を見つけなくちゃ」

いいながら、さえ子は、走っていく。

三人は、来光川《らいこうがわ》を、目をこらして見たが、善助《ぜんすけ》の姿《すがた》は、見当たらない。

マキは、善助が松原町《まつばらちょう》へ、バスに乗らないで歩いていくときの近道を思い出した。

そっちの方にも、小川が流れている。

その川も、来光川へ注いでいる。そこへ捨《す》てれば、わざわざ、来光川へ捨てなくても、水が運んでくれる。

「ねえ、薬師川《やくしがわ》の方じゃないかな」

マキがいうと、国夫《くにお》が走り出した。

三人はレンゲ田をつっ切り、走って走って薬師川へ来た。

巾《はば》二メートルくらいの小川だが、富士山《ふじさん》の雪どけがはじまる今ごろからは、水量も多くなり、流れも早くなるので、村の子どもたちは、この川で遊ぶのを、大人たちから禁《きん》じられている。

川にかけられた橋の、向こうの土手に、南京袋《なんきんぶくろ》の口を、麻《あさ》ひもでくくったものがおいてあった。

「何だろう、あれ」

三人は、袋《ふくろ》に近よった。袋の中で、何かがゴソゴソ動いている。

国夫が麻ひもを解《ほど》いた。

「やっぱり、子ネコだ。でもへんだよ。四匹《ひき》いたのに、三匹しかいないよ」

マキがのぞくと、手の平にのるほどの大きさの白っぽい子ネコが三匹、ミィミィ鳴き出した。

「善助、なんでこんなとこへ捨てたんだろ」

国夫が袋ごと、子ネコを抱《だ》きあげた。

「あ、あんなところに、善助がいる」

さえ子が、土手のそばの、麦畑の向こうを指さした。

見ると、善助が、レンゲ田の中で、腰《こし》をかがめている。レンゲの花をつんでいるのだった。

「子どもみたいに。なんで花、つんでるのかしら」

マキがつぶやいたとき、つんだ花を胸《むね》にかかえて、善助がこっちへ来た。

「おじさん、子ネコ、つれて帰るよ」

袋を抱いて、国夫が歩き出した。

「待て！　待ちな。つれて帰ったって、飼《か》う人がいなけりゃ、また、捨てられるでやす」

「かあさん、考えなおすかも……」

「いや、考えなおさないだろうよ。世話しきれないから、わしにたのんだ」

「それに、子ネコ、四匹いただろ。一匹はどうしたの」

国夫《くにお》が、袋《ふくろ》をしっかり胸《むね》に抱《だ》いていった。

善助《ぜんすけ》は急に、声を落としていった。

「そのことだがね。かわいそうに、一匹は、川へ落ちて、流れて……」

「なぜ？　捨《す》てたんでしょ」

「ぼっちゃん。たしかに、その子ネコは、深津《ふかつ》さんに捨ててくれってたのまれやした。けど、いいはなっからわしは、子ネコを捨てる気なんて、ありやせん。わしにだって、できることと、できないことがありまさあ。ほんとに落ちたんだ」

「だから、なぜ？」

「わしが、袋の口を開けっ放して、そこへおき、麦畑で小用をたしてるうちに、袋の口からはい出したんだね。ちょうど、川へ落ちるとこだった。手を出すひまもなかった。残りが出ないように、袋をしめて、川にそって追っかけてみたさ。この流れの早さだもの、追いつかなかったよ。せめて、花でも流して、子ネコにわび、めいふくを祈《いの》ろうと思って」

そういいながら、善助は、つんできた花を流れに向かって、少しずつ投げ入れた。

花を流しながら、善助は、目をしばたたいた。

マキとさえ子は、顔を見合わせた。

いつも村に来ては、人をだましたり、へんな物を売りつけたりしている善助に、子ネコのために流す涙《なみだ》があるなんて、ふしぎな気がした。

マキたちも、土手のハルジオンやタンポポ、スミレの花などをつんで、善助のそばで、川に流した。花は、あっという間に流れ去った。

善助は、川面《かわも》に向かって、しばらく手を合わせていた。

善助のようすを見ていた国夫は、子ネコの入った袋を善助にさしだした。

「わしは、急ぎやす。町へ行って、早くミルクを買って飲ませないと、この子らもあぶないからね」


それから三ヶ月ほどすぎたある日。

マキは、かあさんと一しょに、松原町《まつばらちょう》の「くつわ屋」という薬屋へ行った。

そこの奥《おく》さんが、マキの白地に紺《こん》の水玉のワンピースがかわいい、とほめているところへ、座敷《ざしき》の方から、目が青く、顔や、耳や手足がこげ茶色で、体はベージュ色の子ネコが走ってきて、奥さんのひざの上に、ちょこんと乗った。

ネコぎらいのかあさんが、一歩あとずさった。

「あ、シャム」

マキがいうと、

「あら、おじょうちゃん、よくわかったわね。この辺ではめずらしいのよ。これ、なんでも屋の善助《ぜんすけ》さんって人から買ったのよ。二百円もしたけど、動物屋さんだと、五百円もするのよ。買ったときは、ほんとに小さかったから、ふところへ入れて、温めながら、ミルクをやって、自分の子どもみたいに育てたのよ。もう、かわいくて、かわいくて」

奥《おく》さんはそういって、目を細めた。

「そのとき、善助さん、三匹《ひき》持ってたでしょ」

「そうらしいわ。角の帽子屋《ぼうしや》さんと、向かいの洋品屋さんで買ってくれたって、残った一匹がこれね」

「みんな元気に育ってるかなあ」

「大丈夫《だいじょうぶ》。みんな元気よ。でも、どうして、三匹いたこと、知ってるの？」

奥さんが、ふしぎ、という顔でマキにきいた。

「わたしのクラスの男の子んちで、生まれたシャムネコの子を、善助さんが持っていったってきいたから」

と、マキは答えた。でも、もう一匹が、小川に流れたことと、善助が二百円もらって、子ネコを捨《す》てるようにたのまれたことは、だまっていた。

スイカ畑にどろぼうが三人

マキの父さんは、めずらしい花や果物《くだもの》を作るのがすきだ。

となり町で、野菜や果物の品種改良を手がけている友人のところへ行っては、研究の手助けをしている。

いろいろな作物や、花の種や苗《なえ》は、そこからもらってくる。

四月に入って間もなく、父さんが、スイカの苗を三十本ばかりもらってきた。

「これは、この辺の火山灰土でもよく育つように改良されたものだ。いい実がなるぞ」

とうれしそうにいった。

庭のすみでは、モモの花が満開。それを指さし、

「スイカは、モモの花の満開時期に植えるのが一番だ」

といった。

父さんとマキは、スイカの苗を、陽当《ひあ》たりのいい畑の、三十センチくらいにのびた、小麦

のうねの間に植えた。

「スイカを植えたことは、みんなにはないしょだよ。実ったら、みんなに分けて、おどろかそう」

父さんはいたずらっぽい顔で笑った。

スイカは、火山灰土では育たないといわれ、村の人たちは、作ったことがない。

スイカを植えた小麦畑のまわりは、マキの家の畑で、農道からもはなれたところにあったので、村の人たちに知られることはなかった。

スイカは、地をはいながら、のびてゆき、小麦は、天をめざして、日に日に育っていった。

小麦がこがね色に実り、刈《か》り取《と》られた後、強い日ざしを受け、スイカは、花を咲《さ》かせ、小さな実を結んだ。

まわりのサトイモ畑では、葉が大きくしげり、スイカ畑をほどよくかくしていた。

「マキ、スイカがずいぶん大きくなったぞ。あと二週間もすると食べられるぞ」

畑仕事から帰った父さんがいった。

それから十日後。マキは父さんとスイカ畑へ行った。

草いきれのする農道から、スイカ畑へ行く小径《こみち》を歩きはじめた父さんが立ち止まった。

「あっ」

マキも声をあげた。父さんの足もとに、つるごと引きちぎられたスイカが、たたき割《わ》られてころがっていた。

丸い玉の八割《わり》くらいが赤く色づいているが、皮との間はまだ白く、未熟《みじゅく》な実だ。

「だれがこんなことを……。マキ、だれかに話したのか」

「ううん。だれにも」

「そうか。ということは……」

「だれか、知ってた人がいるってこと？」

マキの父さんは、マキの身の丈《たけ》ほどにのびたサトイモ畑をつっきって、スイカ畑へいそいだ。マキも父さんを追って走った。

父さんは、スイカを一つ一つ見てまわりながら、

「あしたから、天気のいい夜は、畑を見張《みは》らないとな。あと一日二日で、食べごろになっている」

「見張るって、父さんが？　どこで？」

「そうだ。あそこでな。ここまで実ったものを、ドロボーに持っていかれたくないよ」

父さんは、スイカ畑とサトイモ畑の間に建っている、小さな小屋を指さしながらいった。

その小屋は、畑仕事が続くとき、農機具や肥料《ひりょう》を入れておいたり、仕事中のにわか雨の時の避難《ひなん》場所になったりする。

中はたたみ二枚《まい》分くらいの板の間に、むしろをしいてある。

次の日から、父さんは夜、小屋に泊まりこんだ。二日ばかりは、何事もなくすぎた。

いよいよ明日、収穫《しゅうかく》しようという日、村はずれの完治《かんじ》さんの家で、祝言《しゅうげん》（結婚式《けっこんしき》）が行われた。

完治さんの娘《むすめ》のいいなずけ（婚約者）は、戦争に行って、昭和二十年五月に、戦死したという知らせがあった。

それが、今年の六月、ひょっこり現《あらわ》れたのだ。めでたいことだと村じゅうで、祝うことになり、マキの父さん、かあさんは、朝から手伝いに行っていた。

朝、父さんがいった。

「今夜は、マキがスイカ畑の番をしろ。万一、ドロボーが来たら、そーっと小屋をぬけ出して、高梨《たかなし》さんとこの洋二《ようじ》さんに助けを求めろ。洋二さんには話してあるから、安心しろ」

「一人で？」

「五年にもなって、一人じゃ、こわいか？」

「こわいよ。夜中に、畑ん中で一人なんて」

「何がこわい？」

「お化けが出るかも……」

「そんなものは、人間のつくりごとだ。お化けはスイカドロボウはしないけど、生きてる人間はな。万一のときは高梨《たかなし》……」

「わかったよ。さえちゃんと一しょじゃ、だめ?」

父さんは返事をしない。村の人には、実ったスイカを配るまでは、ないしょにしておきたいのだ。

「いいよ。じゃあ、一人で。スイカの代わりにわたしがさらわれたって知らないから」

マキが一人ごとをいっていると、さえ子が来た。

「マキちゃん、今夜、マキちゃんちへ泊めてくれる? 一人じゃこわいっていったら、父さんがマキちゃんちへ行ってろって」

さえ子の兄は北海道の大学へ行って、家にはいないし、姉も紡績工場《ぼうせきこうば》へ働きに行っていて、今はさえ子が一人だけ。

父さんとかあさんが、完治《かんじ》さんの家へ行ってしまったので、家に一人残された。

「わたしは、今夜、畑の番しに行くんだよ」

「え? 何の畑?」

父さんが洋二《ようじ》さんに話したんだもの、さえちゃんに話したって……。思いきって、

「スイカ畑」

といった。

「ふーん。マキちゃんち、スイカ作ってたんだ」

「ひみつなんだ。だけど、スイカドロボーが来るかもしれないんだ」

マキは、さえ子に、たたき割《わ》られた、未熟《みじゅく》なスイカの話をした。

「おもしろそう。わたしも行く。行っていい？」

さえ子が父さんの方へ向いていった。

「さえちゃんも一人だったな。マキと一しょに、番小屋へ行くといい。マキも心強いだろうから」

「わあ、行く、行く。こわいけど、ワクワクだね」

夕方、マキとさえ子は、かあさんが作ってくれた夕飯用のおにぎりと水筒《すいとう》に入れたお茶、懐中電灯《かいちゅうでんとう》やタオルケットなどを持って、スイカ畑の番小屋へいそいだ。

途中《とちゅう》、高梨さんの家のわきを通りかかると、洋二さんが、大きな南京袋《なんきんぶくろ》を肩《かた》にかついで、家から出てきた。

「おう、マキちゃんたち、もう行くのか。おれも一しょに行くよ。マキちゃんの父さんは、暗くなってからでいい、っていったけど、女の子二人じゃ、ぶっそうだからな」

洋二《ようじ》さんは、マキたちの先頭にたって、口笛を吹《ふ》きながら、大またで歩いていく。

広い背中《せなか》が、なんともたのもしい。

今年二十三歳《さい》だという洋二さんは、二年前に終わった、太平洋戦争のとき、特攻隊《とっこうたい》（片道《かたみち》分の燃料《ねんりょう》を積んだ、小型飛行機に乗って、敵の戦艦《せんかん》に体当たりする）にいて、明朝出撃《しゅつげき》する、という日に、戦争に負け、終戦になったので、出撃をまぬがれたのだそうだ。

洋二さんが村に帰ってきたとき、

「あんたら兵隊が、ちゃんと戦わないから、日本は負けたんじゃ。おめおめと帰ってきおって」

などと、洋二さんに向かって、平気でいう村人がいた。

それをきいた洋二さんは、村の人たちと口をきかなくなってしまった。

父さんは、洋二さんに、

「ご苦労さんだったねえ。これからは、いい世の中になるよ。そう思って、がんばろうな」

といったので、マキの父さんには、何かと話した。

毎日酒を飲んでは、ごろごろしている洋二さんに、マキの父さんは、

「洋二さんよ、体に悪いし、そんなに酒ばかり飲むの、やめなよ」

といった。

「でもよ、毎日、おれらの隊員が出撃してだれ一人帰ってこないんだ。みんな戦死しちまっただよ。戦友たちに申し訳なくて、身のおきどころもない思いだよ。酒飲んでるときだけ、忘《わす》れていられる……」

洋二さんがそういって、はらはらなみだを流すのを、マキは見たことがある。

マキの父さんは、洋二さんをつれて、西の山へ山芋《やまいも》掘《ほ》りに行き、町へ売りに行かせて、洋二さんの生活費がかせげるようにしてあげたり、友人の農業研究所で、仕事をする人を探《さが》しているから行ってみるように、といったりして、なんとか、洋二さんが、立ち直れるように、考えていた。

農業研究所へ行くことは、行く気があるのか、ないのか、いつも生返事をしている。

「さえちゃん、今日の洋二さん、酒くさくないね」

と、マキが小さな声でいうと、洋二さんが、

「なに?」

といって、振《ふ》り返《かえ》った。

「今日は、マキちゃんの父さんに、ドロボー退治《たいじ》をたのまれたんだ。飲んでる場合《ばあい》じゃないよ」

二人は、首をすくめて笑った。

「よろしく、お願いします」

「ああ、まかしとけ」

小屋につくと、むしろを敷《し》いた板の間に、洋二《ようじ》さんがドッカとあぐらをかいた。

かついできた南京袋《なんきんぶくろ》を開いて、中味を出して並《なら》べた。

一しょうびんに半分位入った酒と湯のみ、焼いたスルメイカをさいたのと、ぐるぐる巻《ま》いた荒縄《あらなわ》。

「あ、用意がいいんだ。ちゃんと、縄、持ってる」

さえ子が感心していった。

「そうさ。つかまえたドロボーを、これで、ふんじばるのよ」

「そのお酒はどうするの？」

マキがきくと、

「ドロボーをつかまえて、そのお祝いに飲むのさ」

といったが、洋二さんの手は、湯のみにかかり、もう一方は、酒のびんのふたを開けていた。

「さて、どうも間が持たん。ドロちゃんが来るまで一休みと行くか」

洋二さんは、湯のみに、トクトクと酒をつぎ、一気に飲みほした。

「さあ、これで元気がでてきたぞ。ドロちゃんの二人や三人、束になってかかってきやがれってなもんだ」

三人でにぎり飯を食べているうちに、日が沈《しず》み、東の空の満月が明るくなってきた。

「どれ、怪《あや》しいやつでもいないか、一まわりしてこよう」

洋二さんが、ふらりと出ていった。

ひるまのむし暑さが引き、小屋の連子窓《れんじまど》から、涼《すず》しい風が吹《ふ》きこんでくる。

マキとさえ子が、小さな声で歌を歌っていると、洋二さんがもどってきた。

「怪しいやつどころか、野ネズミ一匹《ぴき》見あたらん。マキちゃんたち、寝《ね》な。あとは、おれが見張《みは》ってるから」

洋二さんは、また、湯のみに酒をついで、ぐいっと飲んだ。

「それ、ドロボーつかまえて、お祝いに飲むんでしょ」

ちょっと心配になって、マキがいった。

「ドロボーなんて、来やしないって。いやあ、こうして、月をさかなに酒飲むなんて、たまんないねえ。ああ、うまい」

二はい、三ばい、と飲んで、一しょうびんは、あっという間に空になった。

「さえちゃん、洋二さん、よっぱらって、寝ちゃったら、どうしよう」

さえ子にささやいたのに、洋二さんにきこえてしまったらしい。

「なに心配してる。さっさと寝《ね》ちまいな。ドロちゃんがお出ましになっても、おれ一人でやっつけるよ。クヒッ」

楽しそうな洋二《ようじ》さんにまかせて、マキは寝ることにした。

さえ子と二人で、タオルケットをかけて横になった。

さえ子はすぐ、軽い寝息を立てて眠《ねむ》ってしまったが、マキは寝つけなかった。

洋二さんが、連子窓《れんじまど》にはりつくようにして外を見張《みは》っているので、マキも、いつの間にか、眠りこんでしまった。

ふと、遠くで自動車の止まる音がしたような気がして、マキは起きあがった。

気のせいか、話し声もきこえる。マキは体をかたくして、身がまえた。

話し声はどんどん近づいてくる。

スイカドロボー！　そう思うと、マキは、歯がカタカタ鳴り、体もふるえてきた。

「さ、さえちゃん」

さえ子の寝息がきこえるだけだ。

「洋二さん」

声をころして呼《よ》んでみた。

連子窓から、外を見張っているはずの、洋二さんがいない。マキの心臓《しんぞう》がバクバク鳴っている。

マキは、小屋の中を見まわした。まっ暗で何も見えない。思わず、懐中電灯《かいちゅうでんとう》を引《ひ》き寄《よ》せ、スイッチに指をふれた。

ダメ！　あかりを見られたら、小屋に人がいることがわかってしまう。

人の声が近づいてくる。男の声だ。三人はいる。

マキは、連子窓から外を見た。外は月明かりで、サトイモの葉一枚《まい》一枚よく見える。

その中を、男が三人、スイカ畑へ歩いていく。背中《せなか》に、大きな袋《ふくろ》をかついでいる。

スイカを入れる袋までかついで……。

どうしよう。

洋二さんはどこへ行ってしまったのだろう。ドロボーに近づく気配もない。

小屋に男が一人、近づいて中をのぞいた。マキは息をつめ、身じろぎもしないでいた。

男は、だれもいない、というように、手を振《ふ》って、仲間に合図《あいず》した。三人はスイカ畑へ入っていった。

パンパンとスイカをたたく音がしてきた。

「さえちゃん、さえちゃん！」

ゆり起こすと、ようやくさえ子が起きた。

「う……ん？」

「スイカドロボーが、畑の中にいる」

「えっ？　洋二《ようじ》さんは？」

「いないよ」

二人は、畑からきこえてくる音に、耳をそばだてていた。

その耳に、気持ちよさそうな寝息《ねいき》がきこえてきた。なんと、洋二さんは、連子窓《れんじまど》の下のはめ板にもたれて、そのまま、眠《ねむ》っていた。

二人でゆり起こしてみたが、洋二さんは、口の中でムニャムニャいいながら、さえ子の横へ、ごろんと横になり、眠ったまま、起きるようすはない。

「洋二さん、洋二さん」

二人は、そっと外に出て、スイカ畑の方を見た。畑のすみに、男たちが手でパンパンたたいて、確《たし》かめては取ったスイカが、山づみになっている。

「これだけあればいいだろう。さあ、車へ運べ」

と一人がいった。三人は、袋《ふくろ》にスイカをつめて肩《かた》にかけ、うまくバランスを取りながら、サトイモ畑の中を、農道の方へ歩いていく。

しばらくすると、三人が残りのスイカを取りにもどってきた。

また、三個《こ》位ずつ入れた袋《ふくろ》をかついでいく。

「追いかけようマキちゃん!」

さえ子が、マキの手をにぎっていった。

「追いかけてどうするの? 洋二《ようじ》さんを起こそうよ」

「酔《よ》っぱらいはあてにならないよ」

というと、さえ子は、マキの手をグイッと引っぱって、小屋から出た。

サトイモ畑から出たところに、軽トラックが止まっていた。一人の男が荷台にあがり、二人の男から、スイカの袋を受け取ろうとした。いちばんあとから袋をかついできた、背《せ》の低い男が、袋を荷台の男に差し出したときだった。

「父さん、早く!」

さえ子が大声で叫《さけ》んだ。

おどろいた男は、自分がかついできた袋の下に転倒《てんとう》した。男はスイカの下敷《したじ》きになった。

「ア、イ、タ、タ、タ」

男の悲鳴がおかしかった。

軽トラックの運転台から、半分身をのり出して、このようすを見ていた男が、急に笑い声をあげた。

「ヒャヒャヒャ、ヒャ」

「あ、善助《ぜんすけ》！」

マキとさえ子は、同時にいった。

背の低い男が、荷台に引っぱりあげられると同時に、トラックは、農道を走り去った。


「スイカドロボーは善助の仲間とわかってよかったね。さえちゃんて、勇気、あるね」

「そんなことない。ほんとうは、こわかったよ」

「でも、スイカ、十二、三個《こ》取られたけど、みんな取られなくて、よかったね」

畑のすみには、まだ、十五、六個積みあげてあった。

「月明かりだけで、こんな大きなのばっかり取るなんて、あいつら、天才」

さえ子がへんなところに感心していった。

夜が明けたのに、洋二さんはまだ、眠《ねむ》っていた。

そこへ父さんがやって来た。ようすを見て、

「やられたな。胸《むな》さわぎがしたんで、完治《かんじ》さんのところを早目に抜《ぬ》け出《だ》してきた」

「でも、持っていかれたのは、十二個位。さえちゃんの大手がらなんだよ」

「ほう。ありがとう。で、洋二さんは？」

二人は小屋を指さした。中では、洋二《ようじ》さんが、タオルケットにくるまれて、口を開けてゴーゴー眠《ねむ》っていた。

その顔を見て、父さんが、苦笑した。

「父さん、車、運転してきたの、だれだと思う？　なんでも屋の善助《ぜんすけ》よ」

「顔を見たのか」

「ううん。笑い声。あの、かん高い『ヒャヒャ、ヒャ』って」

「そうか。そういえば、善助さん、この間、県道で会ったとき、仲買人《なかがいにん》にたのまれて、このあたりの小麦の作柄《さくがら》（できぐあい）を見てまわっている、とかいってたな、そのとき、スイカを見つけたんだ。とにかく、被害《ひがい》が少なくてよかった。何よりもおまえたちが無事だったし」

残ったスイカを、その日のうちに村のみんなに配った。

村の人たちは、みごとなスイカを見て、

「ほほう、ここらの土に合うスイカもあるんだ。来年は、みんなして、スイカを作るベエ」

といって喜んだ。

父さんは、村の駐在所《ちゅうざいしょ》へ被害届《ひがいとどけ》を出したけれど、ドロボーたちは朝一番で、遠くの農協へ売ってしまったらしく、善助を調べたが、証拠《しょうこ》不十分とかで、事件《じけん》にならなかった、と父さんがいった。

四、五日後。

真新しい白い開衿《かいきん》シャツを着た洋二さんがマキの家に来た。

マキの顔を見ると、気恥《きは》ずかしそうに、目をふせた。

青い開衿シャツを着た父さんが出てきて、洋二さんにいった。

「やあ、洋二さん、行く気になれて、よかったな」

「はい。あれから、マキちゃんたちに、恥ずかしくて、家にこもってたけど。酒飲む気にもなれなくて。これからの、おれの行く末ってのを考えたです。で、おじさんがいってくれた、農業研究所へ、お世話になろうかと。このへんで出直さないと、一生、だめになりそうで」

スイカドロボーを取り逃《とに》がした洋二さんは、そういって頭をかいた。

楽しそうに話しながら、父さんとつれ立ってバス停へ行く洋二さんを、マキは門のところで見送った。

イノシシになったブタの話

一月半ばの、今にも雪が降《ふ》り出《だ》しそうな晩《ばん》、マキの家で、地区の寄《よ》り合《あ》い（会合）があり、男ばかりが二十人ほど集まった。

寄り合いの当番になった家は忙《いそが》しい。話し合いの後で、男たちが酌《く》み交《か》わす、酒のさかなを用意しなくてはならないからだ。

学校から帰って、マキも、田んぼの間を流れる小川から、セリをつんできたり、ゴボウを洗ったりして、かあさんの手伝いをした。

セリつみをして、すっかり冷えてしまった足を、掘《ほ》りごたつであたためていると、

「今夜は大事な話があるから、二階へ行ってろ」

と父さんがいった。

マキは自分の部屋で、タドンを入れたアンカの上に足をのせ、綿入《わたい》れの半天をはおって机《つくえ》に向かい、算数の教科書を出した。

応用問題《おうようもんだい》を解《と》こうとするのだが、階下の話が気になって、集中できず、同じ問題を何度も読み返していた。

階下からは、今年は一戸当たり何俵《なんびょう》の炭を焼くか、材料のマツ、サクラ、カシなどは、だれの持ち山から、何石《なんこく》切り出すか、というようなことを、声高《こわだか》に話し合う声が、はっきりときこえてくる。

（なんだ、炭焼きの話か）

マキは、気抜《きぬ》けした。

炭焼きは、地区の共同作業で、毎年、小正月（一月十五日）すぎに始まる。

地区の男たちが、炭にする薪《まき》の切り出し、炭焼きがまの修築《しゅうちく》、炭焼き、火の番などを交代で行う。

炭が焼き上がると、かま出しをし、寸法《すんぽう》をそろえて切り、俵《たわら》づめする。この俵をカヤで編《あ》むのは、かあさんたちが夜なべ仕事でする。

炭を切るとき、炭の粉が鼻の穴《あな》から、肺《はい》まで入って息苦しくなる。この作業はけっこうつらい、と父さんがいう。

出来上がった炭俵は、人が背負《せお》い、急な山道を馬力が通れる広い道まで運び出す。この仕事は、子どもたちも手伝わされるが、マキはまだ手伝ったことがない。

（父さんたち、大変だな）

マキがそんなことを思っていると、急に、階下の話し声がきこえなくなった。

マキは緊張《きんちょう》してきき耳をたてた。

去年の秋のとり入れの前にも、同じようなことがあった。

男たちが声をひそめて話し合った次の日の夕方、村はずれの迫田《さこた》さんちのウサギが五羽、レグホンが三羽殺されて、地区中に肉が分けられた。

その日、晩《ばん》ご飯《はん》の仕たくの手伝いをしていると、父さんが、

「ほら、うちの分だ」

といって、羽をむしった鶏《にわとり》の手羽肉を、まな板の上に、べたっとおいた。

「キャーッ」

マキは大声をあげて台所を飛び出した。

「そんな声だすな。ちゃんと手伝え」

父さんにいわれて台所へもどると、かあさんは、ぶ厚《あつ》い出刃包丁《でばぼうちょう》で、トントン肉を切っていた。

「あしたからのとり入れにそなえて、うんと体力をつけないとな。うまく料理してくれよ」

「はい、はい。栄養とって、しっかり働けるようにね」

父さんとかあさんは、楽しそうに料理していた。

かあさんが肉に粉をまぶし、父さんが油で揚《あ》げたからあげをつまんで、

「おお、うまそうだ。いい色に揚がったよ。食べてみるか」

といってマキに差し出した。

「いらないよ。食べない」

「なんでだ？　おいしいよ」

父さんは、それを自分の口へ持っていき、目を細めた。

だって、その鶏は、昨日《きのう》まで、迫田さんちの庭で、コケッ、コケッと鳴きながら、動きまわっていたんだもの、そんなの、食べられないよ。

マキはそう思っていた。


しばらくすると、階下から、パンパンとかしわ手を打つ音がきこえてきた。

神棚《かみだな》にあげてあったくじをおろして、みんなでひくのだ。

（やっぱり。炭焼きの体力を作るのに、またあれが始まった。今度はどこの家の家畜《かちく》かしら）

マキは背《せ》すじがすっと冷たくなった。うちのヤギのメイメイが当たりませんように。

マキは、そっと祈《いの》った。

「三杉《みすぎ》さんが当たりました。では明日」

父さんが、おごそかな声でいっている。

「はい。ブタ一頭、喜んで出させていただきます」

と、しんみょうな声。

え、三杉さんて、同じクラスの、のぶ代《よ》の家。ブタ一頭って、あのブギーのこと？

いけない。のぶ代ちゃんがかわいがってるブギーが食べられちゃう。早く、のぶ代ちゃんに知らせなくちゃ。

マキはあせった。もう、勉強どころじゃない。どうしようもなく、部屋の中を歩きまわっていた。

「マキ、降《お》りてきて、かあさんの手伝いをしろ」

父さんが階下から呼《よ》んだ。

（いくら栄養のためだって…。かわいがって育てた家畜《かちく》を、自分の手で殺すなんて…。明日はブギーが殺される。なんとかしなきゃ）

マキは村の人たちの顔も見たくなかった。

返事もしないでいると、

「しょうがないな。寝《ね》ちまったのか」

と、階段の下で父さんがいった。

　眠《ねむ》れない夜を明かしたマキは、朝ご飯もそこそこに、

「まだ、学校へ行くには早いんじゃないの」

というかあさんの声を、背中《せなか》にききながら、家を飛び出した。

「のぶ代ちゃーん」

　マキはのぶ代の家の手前、小川の橋の上から、大きな声で呼んだ。

「もう行くの？」

　マキの支度《したく》を見て、のぶ代もかばんをさげて、家を出てきた。

「まだ早いじゃない。うちで、もうちょっとおこたにあたっていこうよ」

「のん気なことといってる場合《ばあい》じゃないよ。大変だよ。のぶ代ちゃんのブギーが……。早く知らせたくてこんなに早く来たんだから」

「えーっ。まさか、夕べの寄《よ》り合《あ》いで、父さんが……。父さん、そんな話、しなかったけど……」

　のぶ代の顔が青ざめ、ことばがつまった。

「そうなの。くじ、当てちゃったのよ」

「わーっ。どうしよう。ブギーがいなくなっちゃうなんて。村の人に食べられちゃうなんて、

いやだからね。絶対《ぜったい》いやだからねっ」

のぶ代《よ》は、家へもどろうとした。マキはのぶ代の腕《うで》をつかんでいった。

「父さんにいったってだめよ。決まっちゃったんだから。それより、ブギーを逃《の》がす方法とか考えようよ。どこかへかくすとか…」

「マキちゃん、なんか、方法、ある？」

「夕べ考えたんだけど、のぶちゃんちの背戸《せと》のやぶの岩穴《いわあな》へ入れとくってのは、どう？」

「だめだよ。あんなとこ、すぐ見つかっちゃうよ」

「ブギーに泥《どろ》ぬって、イノシシみたいにして、うまくかくせば、一時しのぎにならないかなあ」

「ブギーが静かにしているように、えさもやって……とにかく、学校から帰ったら、やってみよう」

「でも、のぶちゃんの父さんたちが家にいたらできないかも」

「大丈夫《だいじょうぶ》。父さんもかあさんも、今日は畑で麦ふみだから。学校から帰ったら、手伝えっていわれてる。だから、家にはいないよ」

学校への道々、いろいろ考えたけれど、いい方法が浮《う》かばないまま、学校へ着いた。

授業中《じゅぎょうちゅう》もうわの空。授業が終わるとすぐ、二人は学校を飛び出した。

途中《とちゅう》の麦畑では、のぶ代の父さんとかあさんが、せっせと麦ふみをしている。

「今のうちに……」

マキとのぶ代が、ブタ小屋の前へ行くと、敷《しき》わらの上にのっそりと寝《ね》ていたブギーが、平べったい鼻をブヒブヒ鳴らしながら、のぶ代の方へ寄《よ》ってきた。なでてやると、マキとのぶ代に、かわるがわるすりついた。

「こんなにかわいいブギーを、村の男たちにわたせない。ね、マキちゃん」

「ほんと。だから、さ、早くしようよ」

ブギーの胴《どう》に真田《さなだ》ひもをかけて引き出すと、広いところへ出られたのがうれしいのか、ブギーははねまわりながらついてきた。

家の前の田んぼにつれていき、土をスコップで一《ひと》すくいして水でこね、ブギーの体にぬりつけた。

水が冷たいのと、泥をつけられるのがいやらしく、ブギーは体をプルプルふるって、泥を落とそうとした。

「おまえのためだから、がまんしてね、ブギー。あばれないでってば」

そういいきかせながら、二人は、足の先まで、ていねいに泥をぬりつけた。

ピンク色のきれいな体はうす汚《よご》れ、イノシシ色になった。

「ごめんね、ブギー。気持ちわるいでしょ。もうちょっと、がまんね」

そういいながら、ブギーをつれて、背戸《せと》のやぶへ行った。

岩穴《いわあな》は、巾《はば》一メートル、奥行《おくゆ》きも一メートル、高さが八十センチくらい。のぶ代《よ》の家で遊ぶとき、かくれんぼをすると、だれかがかくれるのに使う。ブギーをかくすには充分《じゅうぶん》な広さだ。

ブギーを追いこむと、急に環境《かんきょう》が変わったせいか、いつもと違《ちが》った声で、ブギャーブギャー鳴きわめいた。

「いい子だから、そんなにさわがないで」

マキが、ブギーのえさ入れを持ってくると、残っていたえさを食べながら、静かになった。

二人は、集めておいた枝《えだ》で岩穴の口をふさぎ、岩の上で咲《さ》いているヤブツバキの枝を引っぱりおろして、岩穴のそばの木にしばりつけた。

岩穴がうまくかくれて、ブギーさえさわがなければ、見つかりそうもない。

マキとのぶ代が、こたつにあたりながら、のぶ代の妹、久代《ひさよ》と遊んでいると、のぶ代の父さんとかあさんが帰ってきた。

「マキちゃん、風が強くなってきたよ。早く帰らないと、寒くなるよ」

地下たびをぬぎながら、のぶ代の父さんがいった。

いつもはそんなことをいわないのに……マキはいわれるままに帰ることにした。

柱時計が三時五十分をさしている。もう一時間もしないうちに日没《にちぼつ》だ。

マキが玄関《げんかん》でくつをはいていると、のぶ代の父さんが、けわしい顔でのぶ代にいった。

「のぶ代、ブタをどこへやった」

「知らないよ。小屋にいないの？」

「いないからいってるんだ。つまらないことをすると、村のもん（人たち）に申し訳が立たないからな」

「知らないよ。逃《に》げたんでしょ」

「しらばっくれるんじゃない。マキちゃんにきいたんだろ。麦ふみも手伝わないで。何やってたんだ。そろそろみんなが来る！　早くしろ！」

のぶ代の父さんは、何もかもわかってるんだぞ、という顔でのぶ代を見ている。のぶ代も、負けるものかと父さんをにらみつけている。

そこへ村の男たち五人がやって来た。男たちは、てんでに、天秤棒《てんびんぼう》やバケツを持っている。細いなわで刃《は》の部分を巻《ま》いた出刃包丁やなたを腰《こし》にさしている人もいる。

マキは、ぞっとして、その場に立ちすくんだ。のぶ代の父さんが、

「やあ、みなさん、ごくろうさんです。すまないけど、家のまわりを、手わけして、探《さが》してくれないかね。ブタがいないんで」

「どうしただね」

「いやぁ、おおかた、娘《むすめ》どものしわざでしょうよ。なにしろ、かわいがってたからね。今、問いつめてたとこなんですよ。ハハハ」

父さんが苦笑いしながらいうと、男たちも、

「子どものやりそうなことだ。ハハハ」

といいながら、探《さが》しにいった。

五分とたたないうちに、岩穴《いわあな》のブギーは、かんたんに見つかり、男たちに追いたてられてきた。

「わあーっ」

のぶ代《よ》が激《はげ》しい泣き声をあげた。

（ああ、いやだ。生き物を食べるなんて。そうしないと生きていけないなんて。人間になんか、生まれてこなけりゃよかった）

のぶ代の泣き声をききながら、マキも、よくわからない怒《いか》りをおさえて家へ急いでいると、後ろで、のぶ代の声がした。

「マキちゃん、待って。見にいこう。村の男たちがブギーに何するか、見とどけてやるんだ。そして、一生、村のもんうらんでやるんだから」

「そんなことしちゃ、だめだよ。女、子どもは立ち入り禁止《きんし》って……」

「じゃ、一人で行く。しま子ちゃんだって、見たんだから」

そう。しま子ちゃんは、一昨年《おととし》、自分がかわいがって育てたブタを殺された。

そのとき見たことを、マキとさえ子と、のぶ代の三人に、話してくれた。

しま子ちゃんは、中学二年生。のぶ代の家の裏手《うらて》に住んでいる。

しま子ちゃんのブタが殺される日、かわいがっていたブタを、どうしても見送ってやりたくて、いつも、家畜《かちく》やニワトリを殺す、来光川《らいこうがわ》のほとりの森へ、男たちより先に行った。

森の中の大きなカシの木に登って、一部始終を見とどけたのだ。

ブタは、天秤棒《てんびんぼう》で頭を一撃《いちげき》されて、あっという間に息絶《いきた》え、あとは、肉に切り分けられて、地区の家に分けられた。

「おそろしかったよ。いくら、人間が生きてくためだって、しかたがないんだって、頭ではわかってたって、かわいそうで……」

といいながら、ポロッと大粒《おおつぶ》のなみだを落としたことは、昨日《きのう》のことのように覚えている。

のぶ代のひきつった顔を見て、マキも一しょに行く決心をした。

「のぶ代ちゃん、男たちに見つからないように行こう」

マキは、体を伏《ふ》せるようにして、高い土手のかげを歩き、ブギーをつれた男たちより早く、来光川《らいこうがわ》の森へ着いた。

「しま子ちゃんがいってた木、これだね」

のぶ代《よ》とマキは、その木に登り、葉のしげみに身をかくした。

下を見ると、男たちが、ブギーを追いたてて入ってきた。

マキは、体じゅうががたがたふるえた。のぶ代がつかまっている枝《えだ》も、こきざみにふるえている。

村の男たちは、輪になって、何かをとなえ、手を合わせて拝《おが》むような仕ぐさをした。

すると、一人が天秤棒《てんびんぼう》を振《ふ》り上《あ》げた。

「あれっ。天秤棒持ってる男、あれは、なんでも屋の善助《ぜんすけ》よ」

「ほんとだ。どうも一人増《ふ》えたと思った」

「あいつ、ブギーをつれたみんなと行き合い、自分がブタをしとめる、とかいって、分け前にありつくつもりじゃない？　みんなも、自分が殺すのはつらいもんで、仲間にしたんじゃない？」

のぶ代が小声でいった。

「そうだよ、きっと」

「それにしても、あのへっぴり腰《ごし》。一発もブギーに当たらないね」

「当たらない方がいいよ」

とマキ。

善助に追いまわされて、ブギーは木々の間を逃《に》げまわっている。

男たちは追いこむように、ブギーの行く先々へまわって手を広げている。

ブギャーッ。

突然《とつぜん》、ブギーの大声。善助の一撃《いちげき》が、ブギーのどこかに当たったらしい。

マキたちが登っているカシの木の真下までブギーが走ってきた。

そこで、フーフー荒《あら》い息をしている。

「逃げろ、ブギー、逃げろ！」

のぶ代とマキは、小さな声で、つぶやき続けた。

すると、高梨《たかなし》さんちの修一《しゅういち》さんが、善助から天秤棒を取り上げた。

「いつまでもたもたしてるんだ。どうせやるんだ。一発で楽にしてやろうや」

「あーっ。もうだめ」

のぶ代が目をおおった。

修一さんが、さっと天秤棒を振り上げた。マキも、見ていられなくなって、目を空に向けた。

川向こうの西の山に、いま沈《しず》もうとする太陽が、雲のへりを金色にふち取り、最後の光を放っている。

その光が、森の中までつき通り、荒《あら》い息をはいているブギーの上にも注がれた。

(この光につつまれて、ブギーが天国へ行けますように)

マキが祈《いの》りながらブギーを見下ろすのと、修一《しゅういち》さんが天秤棒《てんびんぼう》を振《ふ》り下《お》ろしたのが同時だった。

ガッツーン。

修一さんの力まかせの天秤棒は、ブギーのかたわらの大きな石を打っただけだった。

おどろいたブギーは、男たちの方へ、クルリと向きをかえた。

その全身に、陽《ひ》の光が当たった。マキたちがぬりつけた泥《どろ》で、うす黒くなっているブギーが、くっきりと見えた。

「ヒャーッ。イノシシだ。ブタはどこへ行ったでやす? こんなの、どこから出てきたんでやすかね」

善助《ぜんすけ》がかん高い声でいって、後ずさりしている。

「善助さん、ブタだよ。よく見なよ」

「イノシシだよーっ」

「口ほどにもないねえ。一発でしとめるっていうから、つれてきたのに、よ」

「キバも生えてる。背中《せなか》の怒《いか》り毛《げ》もピンピン立ってる。ヒャーッ、助けてーぇ」

善助《ぜんすけ》は、森を飛び出していった。

そのすきに、ブギーがすごい早さで木々の間を走り、すぐ近くにある氏神様《うじがみさま》の方へ姿《すがた》を消した。

「ブギー、逃《に》げろ、逃げろ！」

のぶ代《よ》が大声で叫《さけ》んだ。

男たちは、声のした木を振《ふ》りあおいだ。見ていたのが、のぶ代とマキだとわかると、男たちは、マキたちには、何もいわないで、のぶ代の家へ向かった。

マキたちも、その後を追った。

男たちは、のぶ代の父さんにいった。

「自分たちが、ブタを殺せなかったのは、決まりを破《やぶ》って、子どもたちが見たからだ」

と、かんかんにおこっていた。

「ほんとうは、自分たちが、おく病だったくせして」

のぶ代がいった。

「でも、殺されなくてよかったね」

「うん。でもブギー、どこへ行ったのかしらね。見つかっても、ここへは連れてこられないし」

マキとのぶ代は、のぶ代の父さんから、ひどくおこられた。おこられても二人は平気だった。でも、村の人たちの手前、しんみょうに頭をたれていた。

村の人たちに、子どものかんとくが不行《ふ》き届《ゆ》き《とど》だとおこられたのぶ代の父さんは、次の日、隣《となり》の松原町《まつばらちょう》へ行き、地区の家一軒《いっけん》当たり、二百匁《め》（約八百グラム）の肉を買ってきて、謝《あやま》りながら、配らなければならなかった。

しばらくして、氏神様へ、土に汚《よご》れて、イノシシのようになったブタが飛びこんできた。神主《かんぬし》さんは、神様からの贈《おく》り物《もの》だと思って大切に飼《か》ってやった。そのブタは、子ブタを十頭も生んだ、といううわさが、村に流れた。

たんこぶと替《か》え歌《うた》の話

久《ひさ》しぶりに、もみ手をしながら、善助《ぜんすけ》が、マキの家にやって来た。

いろり端《ばた》で新聞を読んでいた父さんに、

「峰尾《みねお》さん、今日は、たのみごとがありやしてまかりこしやした。お忙《いそが》しいところ、申し訳ありやせん」

「どういうことだね」

「あの、岩本《いわもと》さんが住んでた家、あっしに貸《か》してくれるように、池田《いけだ》さんにお願いしてはいただけないかと…」

「善助さんが住むのかね」

「いや。友達《ともだち》にたのまれやして。どこでもいいっていいやすんで。いえ、その、別に、逃《に》げまわってる犯罪人《はんざいにん》とかじゃないでやす。一つたのんでみて下せえやし」

「家主は池田さんだ。直接《ちょくせつ》たのんだほうがいいんじゃないかな」

「いやぁ、それが、そのぉ……ちょっと、まあ……ヒャヒャヒャ」

善助は、口ごもって、あいそ笑いをしながら、しきりにもみ手をしている。

——池田さんに、顔向けできないようなことをしてあるんだ——

と思って、マキは二人の会話をきいていた。

その家は、農村にしては変わった造《つく》りだった。

玄関《げんかん》を入るとすぐ台所があり、奥《おく》に六帖《じょう》間が二つある、奥に長い家だ。

建てたのは、池田さんの遠縁《とおえん》で、そかいしてきた大工さん。

そのへんの農家の軒先《のきさき》に積んであった、古板や古トタンをもらって建てた家だ。

とにかく、太平洋戦争の末期だったから、鉄や金属《きんぞく》は供出《きょうしゅつ》させられ、大工さんも、はめ板に打つくぎにもことかいていた。それにしては、よくできた家だと、村の人は感心した。

戦争が終わると間もなく、町の焼《や》け跡《あと》に家を建てるので、大工さんは引っぱりだこ。その家を建てた大工の岩本さんも、早々に東京へ帰っていった。

家主の池田さんは、取りこわして、もとの田んぼにもどそうと思っていたのだが、新しい仕事を始めていて、その作業がおくれていた。

その家に、善助が目をつけたのだ。

「しょうがないな。その人を助けると思って池田さんに話してはみるがね…」

と、父さんはあいまいな返事をした。

「やっぱり峰尾《みねお》さんだ。よろしくたのみやす。イヒャ、ヒャヒャ」

もう借りられると決まったように喜んで、善助《ぜんすけ》が帰った一週間後、その家に、どこからか、親子四人が引《ひ》っ越《こ》してきた。

二人の子どものうち、上の女の子がマキのクラスへ転入し、名前を、松原《まつばら》しげり、といった。茶色っぽい髪《かみ》のオカッパ頭で、肌《はだ》の色が白い。都会的な感じがしたが、なんだか、表情《ひょうじょう》が暗い。

しげりの家は、マキたちの通学路にあったから、マキたちは、毎朝「しげりさーん」と声をかけた。

すると、しげりは、すこしうれしそうな顔で飛び出してくる。

マキたちが話しかけても、返事は「うん」とか「そう」だけ。

ある朝、いつものように松原さんちの前で「しげりさーん」と呼《よ》んでいると、同級生の津《つ》田《だ》政夫《まさお》や、弟の健《けん》たち、男の子の一団《いちだん》がやって来た。

松原さんちの家の中で、なんだか大声がしているので、呼んでいるのがきこえないのかと思って、もう一度大きな声で呼んだ。

すると、玄関《げんかん》がさっと開いて、しげりが飛び出してきた。

同時に、すさまじいけんかの声。しげりのかあさんの声が大きい。

あっけに取られてみんなで立ち止まっていると、ふいにアルマイトのやかんが飛んできて、よけるひまもなく政夫のひたいにぶつかった。

「いってえ。なんだよぉ、こんなもんぶつけて。いてぇじゃん」

政夫は、でこぼこになったやかんを拾うと、

「バカヤロウ」

といって、しげりの家の玄関へ投げこんだ。

それにこたえるように、ジュラルミンのなべが飛んできて、道にころがった。

「あぶねえだろ。おまえら、早く行け」

政夫が弟たちにいっていると、しげりの父さんが、まっ赤な顔をのぞかせ、

「ドアホ。やかんが当たるようなとこ、歩いとるほうがアホや。もんく、あるか」

といって、玄関の戸をバタンとしめた。

しげりは下を向いて、だまって歩いていく。

「元気だして。しげりさん」

マキがそっというと、しげりが小さくうなずいた。

「ちっくしょう。いてぇなぁ。ずきずきしてきたぞ。あやまりもしないで。なんなんだよぉ。

おまえんちのおやじ」

政夫《まさお》がおこって、しげりにつめよった。

「しげりさんには、関係《かんけい》ないじゃない。よしなよ。政夫ちゃん」

と、さえ子がいった。

「ふん。おまえはいつもそうだ。女番長ってみんながいってるぞ。おまえにゃ、この痛《いた》み、わかんねえだろ」

政夫は、べえーっと舌《した》を出して、男の子の一団《いちだん》をうながしてかけ出した。


その日の音楽の時間。

水上《みずかみ》先生が、もしゃもしゃ頭を指でかきあげながらいった。

「歌の本の十六ページ。今日は、その歌をみんなで覚える。歌詞《かし》を黙読《もくどく》して、情景《じょうけい》を心に描《えが》きなさい。それを歌に表わすんだ」

みんなは、黙読をはじめた。

海

松原《まつばら》遠く　消ゆるところ
白帆《しらほ》の影《かげ》は　浮《う》かぶ
干網《ほしあみ》　浜《はま》に高くして
かもめは低く　波にとぶ
見よ　昼の海（くり返し）

みんなの机《つくえ》の間をまわっていた先生が、突然《とつぜん》、マキの頭の上でいった。

「津田《つだ》。みんなが黙読《もくどく》してるのに、おまえだけ、何を書いている。見せてみろ」

マキの後ろの席の政夫《まさお》が、何かを取り上げられたらしい。

歌の本だ。それを持ってオルガンのかたわらに立って読んでいた先生が、読み終わってクスッと笑った。

「津田、何だこれは。こっちへ来い。おまえが書いたこの歌詞《かし》で歌ってみろ」

政夫はうつむきながら、いわれるままに前へ出ていった。

「おや？　どうした。そのデコは。たんこぶができてるじゃないか」

「………」

「まあ、いいや、さあ、歌え」

先生は、「海」の前奏《ぜんそう》をひきだした。政夫は、しげりの方をちらっと見て、ためらっている。

「どうした。黙読しろ、というのを無視《むし》してやるほど、重要なことなんだろ。歌え！」

めったにおこったことがない水上《みずかみ》先生のきついことばにおどろいて、政夫が歌いだした。

松原さんちの　父ちゃん
きかんぼの　かあちゃん
父ちゃんとかあちゃんの　大げんか
やかんやおなべが飛んでくる
早く　にげないと　ぶつかるぞ
みよ　このおでこ
みよ　このたんこぶ

歌い終わった政夫は、歌う前とはちがう表情《ひょうじょう》になって、

「うん、上出来だ」

といいたそうな顔でマキのほうを見た。

「津田《つだ》、おもしろい替《か》え歌《うた》だな。なんでこんなの作った」

先生の顔はゆるんでいた。

「それは……」

政夫《まさお》はしげりの方を見た。しげりは、くちびるをかんで、うつむいている。

政夫はだまっている。

「津田。外へ出て、廊下《ろうか》で立ってろ」

政夫は、たいして悪びれたふうもなく、いちばん前の席のさえ子を見て、チロッと舌《した》を出し、廊下へ出ていった。

下校時間になった。

マキが、さえ子たちと、しげりを待っていると、

「マキちゃーん。さえちゃーん」

といいながら、しげりが走ってきた。

「お待たせ。なあ、あんたらにたのみがあるんよ。津田くんにも、今いうたとこなんやけど、うちの前で、さっきの替え歌、一しょにうとうてほしいねん」

え？　しゃべるじゃん。しげりちゃん。そうか、関西弁《かんさいべん》が通じないと思って、あまり話し

なかったんだ。

マキはおどろいて、しげりの口元を見つめていた。

「あんな替え歌？　どうして？」

さえ子がいった。

「そや。あの歌、うちの父ちゃんたちに、きかせてやってほし」

「そーんなことしたら、おでこにたんこぶじゃすまないよ」

と、のぶ代《よ》。

「そんな、人をバカにしたようなこと、できないよ」

さえ子もいったが、しげりは真剣《しんけん》な顔だ。

「父ちゃん、おこらんよ。あんたら、うちと仲ようしてくれはるけん。こんなことたのむのんには訳があるんよ」

マキたちは、校門のそばの石垣《いしがき》に腰《こし》かけて、しげりの話に耳をかたむけた。

「うちとこの父ちゃんたち、ほんまは仲ええんよ。それがこないにけんかするようになったんは、父ちゃんの失業や。ただの失業とちゃうねん。『レッドパージ』や」

逓信省《ていしんしょう》へ勤《つと》めていたしげりの父は、労働組合《ろうどうくみあい》を作って、働く人たちがみんなで幸せになれるように運動した。それを快《こころよ》く思わない上役の人たちによって、追放という形で、逓信省をやめさせられた、としげりはいった。

「父ちゃんは、その町では働けんようになってな。ずいぶん仕事探《さが》したんよ。けど、『レッドパージ』もん、使《つ》こてくれるとこ、どこにもなかったんよ」

「それが、なんで替《か》え歌《うた》なの？」

じれったそうにさえ子がいった。

「まあ、おしまいまできいてえな」

いつもの暗い表情《ひょうじょう》はどこへやら、一度口をついて出た関西弁《かんさいべん》に安心してか、目を輝《かがや》かせて話を続けた。

「あんたら、ほんま、お百姓《ひゃくしょう》でええな。うちとこの父ちゃん、金かせぐ手だてがあれへん。食べていけへんのよ」

「どこの家だってそうよ」

家の事情なんて、みんなそう。百姓だって遊んでるわけじゃない。

そう思ってマキが、さえ子とのぶ代《よ》を見たら、二人とも、熱心にしげりの話をきいている。

「まあ、そうやな。けど、あんたら、金のうても、食べるもんやるやん。うちら、金なかったら、食べるもん買えへん。でな、父ちゃんの代わりに、かあちゃんが、ししゅうとか、封《ふう》筒《とう》はりとか、内職《ないしょく》さがしてきてやったんやけどな。長続きせんのよ。かあちゃんが悪いんやない。父ちゃんが『レッドパージ』もんだってのがわかると、みんな、仕事させてくれへんのよ。いっそ、知らない土地行って、人生、やりなおそうかって、父ちゃんがいうてな。ほいでこの村や。ここ、なんも働くとこあれへん。かあちゃんな、ためといたお金も底ついてしもうたんやな。父ちゃんに、金もようかせげんようなんは、男じゃない、そういうて、毎日けんかや。父ちゃんたちが、逓信省《ていしんしょう》に勤《つと》めていたころみたいに、仲ようなってほしいねん」

「だから、なんで替え歌よ。そこんとこ、話してよ」

さえ子がさらににじれったそうにいった。

「うちの父ちゃんな。替え歌作るのが趣味やった。新しい歌覚えると、すぐ替え歌作って、得意になっとったんよ。けど、今じゃ、そんなゆとりものうなって……ギスギスカリカリ暮《く》らしとるさかい、さっき「海」の替え歌きいてて、ハッと思ったんよ」

「ふーん。しげりちゃんも、苦労してるんだね」

のぶ代がいった。

「わかってくれたん？　ほな、たのむわ」

いつの間にか、政夫《まさお》たちも後ろにいた。

「おれらも歌ってやるけん。でもさ、そんなことで、おまえの父ちゃん、けんかしなくなるのか？」

と、政夫《まさお》。左まゆの上が、三センチももり上がって、たんこぶが黒ずんでいる。

それを見たしげりが目をふせ、すまなそうにいった。

「ごめんな。父ちゃんのせいで、そんな顔になってもうて。早ように冷やしたらよかったなあ」

「こんなになってからじゃ、おそいわい」

「ほんま、悪かった。父ちゃんに代わってうち、あやまるわ」

「おまえにあやまられたって、たんこぶは引っこまん。その代わり、あの歌、村じゅうきこえるような大声で歌ってやる。行くぞ」

政夫は先頭に立って歩き出した。

「ありがと」

「礼なんかいうな。おれの仕返しだ」

しげりの家の前までくると、政夫は、歌の本を出し、マキたちの前へ広げた。

「海」の歌詞《かし》のわきに、替《か》え歌《うた》が書いてある。

「せーの」

政夫のあいずで、みんなは歌い出した。

松原《まつばら》さんちの　父ちゃん
きかんぼの　かあちゃん

……………………


政夫の声は、歌う、というより、どなっているようだ。しばらく歌っていると、玄関《げんかん》の戸が開いて、しげりのかあさんが顔をのぞかせた。

「しげり、そんなとこで、何しとるん？　早よ、家へ入りいな」

といった。

「ありがと、みんな。明日の朝、また、たのむわ」

みんなに小声でいって、家へ入っていった。

次の朝、しげりを呼《よ》びに行くと、また、けんかの声。

「きき目、なかったじゃんねえ」

と、マキがいったとき、しげりが飛び出してきた。

「早《は》よう、あれ、歌《うと》うて」

といった。

マキたちはまた、「松原さんちの　父ちゃん…」を大きな声で歌い出した。

「こらっ。さっさと学校へ行け。何わめいとるんや」

また、おこったしげりの父さんがのぞいた。

「父ちゃん。替《か》え歌《うた》や。「海」の替え歌」

「わかっとるわ。自分ちのこと、一しょになって歌うやつがあるか。アホ」

そういうと、父さんは、ピシャリと玄関《げんかん》の戸をしめた。

「ぜーんぜん、きき目、ないじゃない」

さえ子ががっかりしていった。


その日の夜、政夫《まさお》の父さんが、マキの家へ来た。

空しゅうで焼け野原になつた町では、これからは建築《けんちく》ラッシュ。材木は、いくらでも売れるから、といって、池田《いけだ》さんと共同で、三か月位前から、自分たちの山の杉《すぎ》やひのきを切り出して、板にして売るために、製材所《せいざいしょ》を建てていたのが、やっと出来上がった、という報告《ほうこく》だった。

「峰尾《みねお》さんの親せきに、事務《じむ》やってくれそうな人がいないかねえ。職業安定所《しょくぎょうあんていじょ》へたのみに行けば、いくらでも人はいるだろうけど、見ず知らずの人じゃ、ねえ」

「そうだねえ」

父さんは親せきのだれかれを想像《そうぞう》しているらしく、目をとじて、考えこんでいる。

ふっと、マキの頭に、ひらめくものがあった。

「ねえ、おじさん。池田さんの田んぼの家に住んでる、松原《まつばら》しげりさんの父さん、どうかしら」

「なに、松原だと。あの野郎、政夫の顔に、やかんをぶつけたやつか？」

政夫の父さんは、半分笑いながら、いった。

「政夫ちゃんにやかん？」

父さんが、けげんな顔できいた。

「なーに。夫婦《ふうふ》げんかのとばっちりだと」

マキは、しげりからきいたことを、父さんたちに、くわしく話した。

「ほう。政夫はそこまでいわなかったけど。でも、しげりって子、しっかりしてるな。そういう子に育てた人なら、いいかも。この村の人間になってくれるかもしれないし。よし、帰りに寄《よ》ってみるか」

そういって、政夫の父さんは立ち上がった。

「そうだね。縁《えん》あってこの村に来た人だ。仕事ができれば、また夫婦も仲よく、子どもたちも落ちついて勉強できるだろうし。たのむよ、津田《つだ》さん」

マキは、しげりの父さんが、製材所で働けるといいな、と思った。

あくる日の朝は、しげりがマキの地区のはずれにある、地蔵の辻《つじ》まで、マキたちを迎《むか》えにきた。

「おはようさん。マキちゃん、うちの父ちゃんのこと、ほんまにありがと。ゆんべ、津田《つだ》さんが来やはったときな、うちの父ちゃん、ほんまにおどろいてもうて。てっきり、政夫《まさお》ちゃんのけがのこと、おこりに来やはったんやと思うたそや。カエルみたいにはいつくばって、津田さんの顔、よう見られんかったんよ。それが、きいてみたら、仕事のことやんか。かあちゃんも、えらい喜んでな。よかった。うれしい、うれしい、と泣き笑いや。かあちゃんもな、製材《せいざい》の職人《しょくにん》のご飯作ったり、まあ、まかないに使《つ》こうてくれはるんやて。うちら、この村のもんになれるんや。うれしいて、うれしいて……」

しげりは、ほんとうにうれしそうに、マキの手をとっていった。

「やっと、うちら、安心して暮《く》らせるとこに来られたん。善助《ぜんすけ》おじさんにも感謝《かんしゃ》だけど、これからも、マキちゃんやら、みんなと、仲ようやっていかな」

しげりのうれしそうな顔を見ると、マキもうれしかった。

「そいからな、父ちゃんがいうとった。あの替《か》え歌《うた》、なかなかおもろいやんかて。ほんまやで」

「ほんまに?」

マキたちは、だれからともなく、しげりの口まねをして、大笑いした。

長ぐつをはいた花嫁《はなよめ》さん

六月半ばの日曜日。

マキは、同じ地区の、六年生のことえと二人で、ことえの家の縁側《えんがわ》に腰《こし》かけて、さえ子が来るのを待っていた。

夏休みに行う、地区の子ども会の出し物をどうするか、三人で話し合うためだった。

「おそいね、さえちゃん。どうしたのかな」

ことえが、二重《ふたえ》まぶたの大きな目をマキに向けた。その視線《しせん》が動いて、

「あ」

といった。

マキが振《ふ》り返《かえ》ると、門のわきの大きなアジサイの花を、ボタリとゆらして、善助《ぜんすけ》が入ってきた。

「あいつ、何しに来たんだろ」

ことえがいった。

善助は、玄関前《げんかんまえ》の敷石《しきいし》につまずき、

「オットット」

といいながら、前のめりに玄関を入っていった。

マキとことえは、縁側で、障子《しょうじ》にぴたっと寄《よ》って、きき耳をたてた。

ジョジョーッとお茶をつぐ音がきこえ、

「いただきやす」

といって、善助がズズーッとお茶をすすった。

コトッとテーブルに湯のみをおく音がして、善助がいった。

「岸田《きしだ》さん。あんたんとこの秋江《あきえ》さんっていう娘《むすめ》さん、えらいべっぴんさんだそうで。ま、今日きたのは、ほかでもない、その秋江さんのことでやすよ。なんと、あの御大尽《おだいじん》の造《つく》り酒屋《ざかや》、『花和』の二男、富士夫《ふじお》さんが見染《みそ》めやしてな。ぜひ、嫁《よめ》にっていうんですわ」

「なに？　花和さんが？　まさか」

ことえの父さんのびっくりした声。

「あちらは本気でやすよ。花和のだんなさんから『善助、おまえ、ぜひ、この話をまとめてこい』と…。それで、花和の意向を伝えに来たんでやす」

ことえの姉、秋江《あきえ》は、二十歳《さい》。色白な顔で、澄《す》んだ大きな目をした、もの静かな人だ。病気がちのお父さんを助けて、家計のために、中学の成績《せいせき》はよかったのに、高校進学をあきらめ、松原町《まつばらちょう》の「南十字」という大きな用品店へ勤《つと》めに出ていた。

その道向こうに、花和酒造《はなわしゅぞう》の売店がある。この店は、二男の生計のために出した店だそうだが、店主の富士夫《ふじお》は遊びずきで、実際《じっさい》店をきりもりしているのは、番頭の伊作《いさく》だというわさだった。

「なんせ、二男とはいえ、あれだけの資産家《しさんか》。それに男前とくれば、浮《う》いたうわさの一つや二つ、ないほうがふしぎってもんでさあ。ところがでやす。内心はうぶじゃありやせんか。秋江さんにほれて、遊びはピタリ。秋江さんのことを思って、日夜、苦しんでるそうな。それなのに、自分からは、口もきけないほどのほれようでして。どうか、色よい返答をたのみやす」

マキとことえは、いつの間にか、縁側《えんがわ》から玄関《げんかん》の次の間にいた。

話は手に取るようにきこえてくる。

「本来なら、こういう話は、おん大将《たいしょう》が来るべきところでやす。大将がいうには『岸田《きしだ》には貸金《かしきん》もあるし、わしが行けば、借金のために娘《むすめ》を取られるような気持ちになるだろう、だから……』という温かい配慮《はいりょ》のもとに、わしをよこしたんでやすよ。本気で考えてくだせえやし。ヒャヒャヒャ」

「うーむ」

と父さんのため息。

「そうそう。話が決まったら、この前買っていただいた、十倍も上等な花嫁衣装《はなよめいしょう》をさし上げますって。それ位、祝わせてもらいやす。ヒャヒャ、ヒャヒャヒャ」

何がうれしいのか、善助《ぜんすけ》の笑い声は続いていた。

話が決まったような笑い声を残して、善助は帰っていった。

こんどは、父さんとかあさんの話し声。

「もし、この話が実を結べば、秋江にとっちゃあ、まさに玉のこしだぞ」

「そうね。秋江も、もっといい暮《く》らしができるんだし」

ことえのかあさんも、うれしそう。

「秋江だって、いやとはいわないだろうよ」

二人の話は、そこで終わった。

次の日。ことえがいった。

「姉ちゃんの花和の話、あれ、姉ちゃんがおこってね、どうも立ち消えらしいよ。花和から何もいってこないといいね」

ことえはちょっと心配そうだった。

それから一週間ほどたった日。

マキが帰り道を一人で歩いていると、後ろで、キキーッと自転車が止まる音がした。

「マキちゃん」

という男の人の声。

ふりむくと、郵便配達《ゆうびんはいたつ》の清水《しみず》さんだった。

「ちょうどいいとこで会ってよかった。これ秋江《あきえ》ちゃんに渡《わた》して。たのむね」

といって、ポケットから、白い封筒《ふうとう》を取り出して、マキに差し出した。

「いいけど、配達は、清水さんのお仕事なのに？」

マキが笑いながらいうと、

「秋江さんの父さんたちに見られたくないんだよ」

「わかった。渡してあげる」

「たのむね。ありがと」

速達の配達だから、といって、清水さんは自転車に乗り、フルスピードで県道を下っていった。

しばらくすると、バスが、マキの家のそばの停留所《ていりゅうじょ》についた。

白いブラウスに小花模様《もよう》の長めのスカートをはいた秋江が下車してきた。

マキは走っていき、そっと清水さんにたのまれた封筒を渡した。

秋江は一刻《いっこく》も早く、中を読みたいようすだった。

「秋江さん、うちで読んでいけば」

マキがいうと
「そう? ちょっと寄《よ》せて」

といって、秋江は、マキの家の牛小屋の隣《となり》の、農機具小屋へ入っていった。

そこで手紙を読んでいた秋江の顔がだんだんくもってきた。

ラヴレターだと思って、マキは、人が近づかないか、見張《みは》るふりをして、秋江さんの顔を、ときどきぬすみ見していたのに。

「そうだ。マキちゃんの父さんに相談してみよう。お父さん、いる?」

とマキにきいた。

「今いないけど、もう少しで畑から帰ってくるよ」

「じゃ、また来る。これ、もう一度、あずかってて」

西の山に陽《ひ》が落ちかかったとき、父さんが帰ってきた。

リヤカーの荷台には、掘《ほ》りたてのジャガイモが一ぱい。

「どうだ、マキ。今年のジャガイモは出来がいいだろ。あしたは出荷だ。朝のうち、袋詰《ふくろづ》めを手伝えよ」

と、父さんがホクホク顔でいっているところへ、秋江《あきえ》が来た。

「お、秋江ちゃん、いらっしゃい」

「今晩《こんばん》は。おじさん、ちょっと、相談したくて……」

「いいよ。どうしたんだい」

庭のすみの水道で、どろだらけの手を洗った父さんは、秋江をうながして、家へ入った。

「おじさん、お仕事で疲《つか》れてるのに、ごめんなさい。清水《しみず》さんから手紙もらって……わたし、どうしたらいいか、わからなくて」

マキは秋江からあずかった手紙を、父さんに渡《わた》した。

その手紙に目を通した父さんは、

「うーむ」

といって考えこんでしまった。

「たいして目立ったつき合いをしてたわけでもないのに、どうして花和に、正明《まさあき》ちゃんと秋江ちゃんのことが知れたのかな。正明ちゃんは、真剣《しんけん》に、秋江ちゃんとのことを考えてるよ。おかあさんの病気が治ったら、今の家に二階を建《た》て増《ま》して、秋江ちゃんと結婚《けっこん》する。おじさん、仲人《なこうど》やって、って、たのまれてるんだ。秋江ちゃんは、正明ちゃんを信じてたらいいよ」

「もちろん、信じて、ついていくつもりでいます。でも、わたしのせいであの人が、郵便局《ゆうびんきょく》に勤《つと》められなくなったら……」

「そんなのは、おどしだよ。正明ちゃんは、そんなことに負けやしないさ」

「………」

「だけど秋江ちゃん、道中、気をつけなよ。こんな、手紙にあるようなことをいうやつら、何するかわからんからね」

「そういえば、おじさん、今日も、見かけたことがない男の人が、バスに乗ってきて、ときどき、わたしを見てた。花和の人かしら」

「まあ、注意するにこしたことはないな。へんなことがあったら、バス降《お》りたら、この家へかけこめばいいよ」

「おじさん、すみません」

「で、おやじさん、力《つとむ》さんはどういってるんだい？　早く、正明ちゃんとのことを話したほうがいいよ」

「それが……父に、貸《か》した金も返さなくていいし、嫁入《よめい》り道具もすべて、この家の格式《かくしき》にあったものを、花和でそろえるから、身一つで来てくれ、って、また、善助《ぜんすけ》さんが来ていったの。そうしたら、父は、『一ぺん、富士夫《ふじお》さんと話してみろ。馬には乗ってみろ、人には添《そ》ってみろっていうから、考えなおせ』なんていって。でも、親のいいなりにはならないし、清水《しみず》さん以外の人と結婚《けっこん》するくらいなら……」
「そんなにつきつめなくてもいい。夕飯がすんだら、わしが力《つとむ》さんと話してみる」

次の朝、学校へ行く途中《とちゅう》で、ことえが、
「マキちゃんの父さん、すごいね。尊敬《そんけい》しちゃう」
といって、夕飯のあとで、ことえの家へ行った父さんと、ことえの父さんの話をした。
——力さん、秋江《あきえ》ちゃんを、花和へ嫁《よめ》にやる気かね
——そうだよ。秋江は玉のこしだよ。祝言《しゅうげん》の日が決まったら、雄大《ゆうだい》さんに仲人《なこうど》たのみに行こうと思ってた
——わしは引き受けん
——なぜ、そんなにおこるだね
——秋江ちゃんはいやだっていってる
——はずかしがってるだけだよ
——そんなことじゃない。秋江ちゃんは、郵便局《ゆうびんきょく》の清水さんと結婚の約束をしてるんだ

――何？　清水の？　とんでもない。花和と較《くら》べたら、つりがねにちょうちんだ。花和に行けば、きれいなもの着て、女中使って、楽ができるに、清水んとこじゃ、郵便配達《はいたつ》の安月給、おまけに病気の母親の看病《かんびょう》だ。びんぼうくじもいいとこだ

――秋江ちゃんがそうしたいんだよ。それで幸せならもんく、ないだろ

――花和へ行くと不幸になるって証拠《しょうこ》でもあるのかね

――秋江ちゃんの気持ちを大切にしてあげなよ

――他人の娘《むすめ》のことだ。ほっといてくれ

――そうはいかない。正明《まさあき》ちゃんの親父、貴正《たかまさ》は、おれの農学校の親友だった。貴正が戦地で負傷《ふしょう》して帰ってきて、なくなるとき、おれは、あの子のことをたのまれてるんだ。その子が母親の看病しながら、一生懸命《いっしょうけんめい》働いて、中学のときからすきだった秋江ちゃんと、結婚したいっていってるんだ。秋江ちゃんも、まじめで、やさしい正明ちゃんが大好きなんだ。どうして、これをほっとけるんだ？

そしたら、かあさんがしくしく泣き出してね

――ねえ、あんた。わたしも、やっぱり、花和へ行かせるのは反対だよ。あそこの奥《おく》さん、人を見下した顔してるし、女中使いも荒《あら》いって。秋江も女中同様にされるかも。ね、あんた。雄大さんがいうように、秋江の幸せ、考えてやろうよ

――うるさいっ。おまえはだまってろ
――あんたは、あの善助《ぜんすけ》とかがいった、『貸《か》した金、帳消《ちょうけ》しにする』っていわれたことにこだわってるんでしょ。わずかばかり借りたお金、それと引《ひ》き換《か》えに秋江《あきえ》を……それって、親のすることじゃないよ
――うるせえっ。だまれ
――なあ、力《つとむ》さん。おれが、その金、立《た》て替《か》えてやる。あした、花和へ返してこい
――雄大《ゆうだい》さんにそんなことしてもらっちゃ……へへ、じゃ、一時借りてそうさせてもらいます
父さんたら、急に弱気になって。今日、マキの父さんに借りて、お金返しながら、きっちり断《ことわ》りに行くって。
「わあ、よかった」
「秋姉ちゃんも喜んで、『おじさん、わたしたちで、何年かかっても、きっと、お返しします』っていってた」
マキが学校から帰ると、ことえの父さんが、父さんの前でうなだれていた。
「花和の大将《たいしょう》、『お金を返してもらったからには、あんたとも対等だ。サシで縁談《えんだん》を進められ

る。うちの富士夫《ふじお》も、ほんとにきれいな娘《むすめ》にほれたものよ。この上は一日も早く祝言《しゅうげん》を上げなくちゃ』といって、こっちの話には耳を貸さないんだよ」

「それで、力さん、秋江ちゃんのことは断《ことわ》れなくて、おめおめと帰ってきたのか。なんてふがいないんだ。で、花和は、なんと？」

「『七月三日が大安《たいあん》だ。結納《ゆいのう》に行く。そっちからは、何もいらん。祝言は九月に入ったらすぐする』って」

「なに？　来月三日？　じゃ、あと四日しかない。四日あればなんとかなる」

「どうするんで？」

「急のことだけど、明日じゅうに用意して、明後日、日曜だし、ちょうどいい。正明《まさあき》ちゃんと秋江ちゃんの、形ばかりの祝言をする」

「そ、そんな無茶な」

「のりかかった船だ。やるしかないよ。住むところは、当分、うちの離《はな》れで暮《く》らせばいいし。祝言にかかる費用も、足りない分は立《た》て替《か》えとくよ」

「秋江のために……とんだ世話になって…」

「いいや、正明ちゃんのためだ。恩《おん》に着ることはないよ」

ことえの父さんが帰ると、マキの父さんは、

「忙《いそが》しくなるぞ」

といいながら、自転車にとび乗って、家を出ていった。

かあさんも、松原町《まつばらちょう》の知り合いの美容院《びよういん》へ電話をかけたり、写真屋や仕出し屋に電話したりして、急に忙しく動き出した。


七月二日。

きのうまでのつゆの晴れ間が、もう一日もってほしいという、みんなの願いもむなしく、朝から小雨《こさめ》が降《ふ》っていた。それも、午前十時ごろになると、雨は本降りになった。

ことえの家の奥《おく》の間では、去年の秋に善助《ぜんすけ》がつれてきた呉服商《ごふくしょう》から買った、黒地に赤や朱《しゅ》や、金銀の糸で刺《し》しゅうした、鶴《つる》の模様《もよう》の花嫁衣装《はなよめいしょう》を着て、つのかくしをつけた秋江《あきえ》さんが、清水《しみず》さんが来るのを待っている。

地区の人たちは、かわるがわる入ってきては、

「きれいだねぇ」

「美しいねぇ」

と、花嫁姿《すがた》の秋江さんを、ため息まじりに見とれていた。

祝言《しゅうげん》の席で、三、三、九度の女蝶役《めちょうやく》をやることになったマキも、秋江のそばで、晴れ着を

着て、かしこまっていた。

　ことえの家で、むこ入り祝言《しゅうげん》は無事にすんだ。

次は、清水《しみず》さんの家で、嫁入《よめい》りの祝言が、夜中まで続く。

清水さんの家までの花嫁道中をするために秋江《あきえ》が家を出るころには、雨は本降《ほんぶ》りになり、
雨小僧《あめこぞう》が立つほどになっていた。

「さて、この雨の中を、どうやって道中するかだ」

　マキの父さんが外を見ながらつぶやいた。

清水さんの家までは、天気のいい日でも、大人の足で三十分はかかる。

「よし、秋江ちゃん、車に乗っていこう。秋江ちゃんしか乗れないけど」

父さんの車は、農作業用の小型トラック。運転席の隣《となり》に一人乗れるだけだ。

「おれ、車を持ってくるから」

　マキの父さんがそういうと、秋江が
「おじさん、ありがとう。わたし、正明《まさあき》さんと、こんな雨の中だけど、二人で、しきたりど
おり、歩いて道中します」

「そうか。そうだな、人生、晴れの日ばっかりないもんな。正明ちゃん、秋江ちゃんはいい
奥《おく》さんになるぞ。よかったな」

「はい。ありがとうございます」

正明さんは、恥《は》ずかしそうにそういって、

「これをはいていくといいよ」

と、秋江に自分のはいてきた長ぐつをそろえた。

「あ、そりゃあいい。静代《しずよ》（マキのかあさん）、秋江ちゃんに、その大きな番傘《ばんがさ》さしかけてあげな」

清水さんの長ぐつは、ほんとうに大きくて、秋江の細い足が二個《こ》は入りそうだった。

はかまのすそをからげた清水さんと、振《ふ》り袖《そで》を肩《かた》にかけ、着物のすそをたくし上げて、帯のところでひもでしめた秋江さんが並《なら》んで、雨の中を歩き出した。

秋江がはいた長ぐつには、またたく間に水がたまって、歩くたびに、ぶぎゅっ、ぶぎゅっと、ガマガエルが鳴くような音がする。

すると、どこからともなくとび出してきた地区の子どもたちが、それを見ながら、声を合わせてはやしたてた。

嫁っ子さんが長ぐつはいて　ぶっっく　ぶっっくぶくっ

嫁《よめ》っ子《こ》さんの足は　ガマガエル　歩くたんびに　ギュルック　ゲロック　ギュルッ

花嫁道中の大人たちは、それをきいて、楽しそうに笑っている。

マキのかあさんがさしかけた、傘《かさ》の中の秋江《あきえ》さんを、清水《しみず》さんが「大丈夫《だいじょうぶ》かい」といいながら気づかっている。

「お姉ちゃんたち、うれしそうだね」

と、ことえがいった。

「ほんと。きっと、幸せになれるね」

「もし、姉ちゃんが花和へお嫁に行ったら、会いたいとき、会いにも行けなかったかもしれないもの。よかった」

ことえは安心したようにいった。


清水さんの家に着いた。

秋江の花嫁衣装《いしょう》の、すそをからげていたひもを解《ほど》くと、すそや、たもとの、雨にぬれたところが、くしゃくしゃにちぢんでしまっている。

「まったく。こんなにちぢんじまって。あの善助《ぜんすけ》め、正絹《しょうけん》だっていうから買ったのに。ほんとに、あの男は信用できやしない」

ことえのかあさんが、いまいましそうにいった。

マキの父さんが
「まあ、いいじゃないか。まがりなりにも、正明《まさあき》ちゃんのかあさんに…花嫁姿《すがた》を見せられたんだから。な、秋江ちゃん」

秋江は大きくうなずいて、清水さんの横の赤いどんすの、花嫁用の座《ざ》ぶとんに座《すわ》った。

そのあと、松原町《まつばらちょう》へ行った、さえ子の父さんが来ていった。

「あの善助。秋江さんの一件《いっけん》で、花和酒造《はなわしゅぞう》への『お出入り禁止《きんし》』をいい渡《わた》されたそうな」

善助《ぜんすけ》の家

マキとさえ子は、マキの家の二階から見える富士山《ふじさん》を写生していた。

絵の前景に入れる柿《かき》の木《き》が、ゆさゆさゆれている。

「あ、だれか、柿をもいでいる」

二人は同時にいった。

柿の木を見ていると、うすネズミ色の鳥打《とりう》ち帽子《ぼうし》をかぶった頭がのぞいて、次に、こげ茶色の皮ジャンパーの腕《うで》が、つややかな実にニュッとのびた。

「あ、善助《ぜんすけ》?」

とさえ子。

「そうみたい」

あの柿は、マキのおじいちゃんが、和歌山へ旅したとき、ある山里の村でわけてもらったものだ。その苗木《なえぎ》に、特別の肥料《ひりょう》をほどこして大切に育てた、村でいちばん実も大きく、甘《あま》いと評判《ひょうばん》の柿だ。

それをだまってもぐなんて！

枝《えだ》の間にのびた皮ジャンの腕は、次々に大きな実ばかりをねらってもいでいる。

「よしっ。やめさせなくちゃ」

さえ子がいって、よく通る声で、

「ぜーんすけ」

と声をかけた。

その声にあわてて木からすべりおりた善助は、ころがるように県道へ出た。

ジャンパーやズボンのポケットが、柿の実で、ごつごつふくらんでいる。

そこへちょうど、バスが下ってきた。

「あ、逃《に》げる。バスが来ちゃった」

二人は、絵の具のついた絵筆をにぎったまま、善助をのせたバスを見送っていた。

階下で父さんの声がした。農協の仕事から帰ってきたらしい。

「父さん、今ね、善助が、甘柿もいで、バスで逃げてったよ」

「なに、善助が柿を？　ハハハ。一本全部もいだわけじゃないだろ。そんなことで、大さわぎするな」

「だって、だまってもいでったんだよ。どろぼうじゃない。駐在《ちゅうざい》さんにいわなくちゃ」

「いいよ。悪いことにはちがいないがな、善助《ぜんすけ》も腹《はら》がへってたんだろ。少しばかりのことは大目に見てやるさ」

父さんはそういって、あがりがまちに腰《こし》かけ、のんびりとタバコを吸《す》い出《だ》した。

マキには、

「うそをつくな。花一輪でも、ひとのものをだまってとるな」

と、きびしくいっているのに、なぜ、善助が柿《かき》どろぼうしたのを大目に見るのか、わからない。

さえ子にそういうと、

「ほんとね。でも、おじさんには、おじさんの考えることがあるのかも、ね」

といった。

「あ、そうだ。あした、松原神社《まつばらじんじゃ》の祭りにつれてくっていったけど、急用ができて、父さんは行けないんだ。さえちゃんと行っておいで」

と、父さんがいった。

「かあさんもだめ?」

「ああ。さえちゃんのかあちゃんにも手伝ってもらうし。もう親と一しょじゃなくても大丈《だいじょう》夫《ぶ》だろ」

父さんがそういって、牛小屋の方へ行ってしまうと、さえ子がにこにこしていった。

「親と一しょだとさ、ゆっくり見たいものも見られないでしょ。見せもの小屋だとか、露店《ろてん》だとか。二人で行こ」

「そうだね。のんびり楽しめるね」

次の朝。

かあさんに作ってもらった弁当《べんとう》を持って、二人は松原町行きのバスに乗った。

バスが町へ入ると、どこも祭り一色。通りに面した家々の軒先《のきさき》には、赤やピンクの軒花がびっしりとさしこまれている。それをよけながら、バスはのろのろ走る。

あちこちの辻《つじ》には、かざりたてた屋台がおかれ、そのまわりには、着かざった子どもや女の人たちがたむろしている。

おはやしがはじまると、一せいにおどりが始まり、それを見物する人たちで、たちまち、人山ができる。

町じゅうに笛や太鼓《たいこ》の音があふれて、その音はマキたちを、松原神社へとかりたてた。

ようやく神社へ着いた。

マキとさえ子はしっかりと手をつなぎ、人でごった返す境内《けいだい》へ入り、人波に押《お》されながら、まず、神殿《しんでん》にお参りした。

参道の両側を埋《う》めつくす露店《ろてん》には、日ごろマキたちが見なれないものが並《なら》んでいて、目を楽しませてくれる。

綿飴《わたあめ》、山吹鉄砲《やまぶきでっぽう》、セルロイドの人形や、かんざし、京人形、博多《はかた》人形、西洋人形、あめ細工、カルメ焼き。セトものの人形は、マキの目をひいた。

それぞれの物売りの口上が、また、おもしろい。

中でもおもしろいのは、指輪売りだった。白ずくめの衣をまとい、首から大玉の数珠《じゅず》をさげた、山伏《やまぶし》みたいな人が、台の上に、金色や銀色の指輪を並べ、もったいぶった口調で口上をいっている。

「この指輪は、まことに尊《とうと》いものです。拙僧《せっそう》が、世のため、人のため、何か良いことをしたいと発願《はつがん》し、酷寒《こっかん》の身延《みのぶ》山中で、三、七、二十と一日、飲まず、食わず、つきささるように冷たい滝水《たきみず》に打たれて修行《しゅぎょう》しました。満願の日、ついにみ仏様が現《あらわ》れ出《い》でまして申されるには、『指輪を作りて人々に分かち、人々にふりかかる災《わざわ》いをとり除《のぞ》きなさい』と。さらに二十と一日、滝に打たれて修行の後、み仏様に導《みちび》かれてこのような指輪を作ることができました。精魂《せいこん》こめて作りましたるこの指輪、身につければ、たちどころに、大難《だいなん》を中難に、中難を小難に、小難を無難にするという、ふしぎな力を持っています。さあ、みなさま。お値段《ねだん》も、どなたにもお求めいただけるように、金銀、どちらでも一個《こ》百円というお安さです。み仏様のみ心です。これ以上はいただけません。さあ、百円で買える安心。金がよろしいか、銀がよろしいか。いずれも百円……」

口をすぼめ、お経《きょう》をとなえるように節をつけていうのがおかしくて、二人はそこにくぎづけになっていた。

口上が終わると、きいていた人たちが、われ先にと、金だ、銀だといいながら、手に手に百円札をさしだし、台の上の指輪は、またたく間に売り切れた。

と、そこへ、おばさんが一人、人混《ひとご》みをかき分けて出てきて、金の指輪をかざし、

「こんな指輪、なんのご利益《りやく》もないじゃないか。今、向こうで飴を買おうとしたら、さいふがないんだ。スリにやられたじゃないか。なにが災難《さいなん》よけなもんか。インチキ指輪返すから、百円返せ！」

と、半分泣きながらいった。

けれども、指輪売りは、すました顔でおごそかにいった。

「あんたは運がよろしい。その指輪のおかげですぞ。あんたは、これから家に帰る途中《とちゅう》で大けがをするところじゃった。それが、スリに会って、わずかな金をとられただけですんだとは、不幸中の幸い。この指輪のご利益で、大難が小難になったのじゃ。おわかりかな」

あきれ顔で指輪売りを見ていたおばさんは、いい返すことばを失って、すごすごと人混《ひとご》み

に消えた。

「やっぱり、おもしろいね。父さんたちと一しょだったら、こんなとこ、素通《すどお》りだよ」

「そうね。でも、スリがいるんじゃ、気をつけなくちゃ」

「そうだね」

二人は手下げをしっかり腕《うで》にかけ、わきにかかえた。

参道わきの広場には、サーカスや見せ物小屋などが並《なら》んでいる。サーカス小屋では、呼《よ》びこみの声に合わせて、テントのすそを、さーっとあげては、中のようすを、ちらっと見せてくれる。

小屋を取りまいている人たちが、そのたびに「ワーッ」とかん声をあげる。

マキたちも、そのたびに見える、空中ブランコのりや、ライオンの火の輪くぐりなどを見ていた。

「小屋に入って、ちゃんと見るより、このほうがドキドキだね」

さえ子がいったそのとき、

「サーカスなんかより、もっと、もーっとおもしろいもの、見にいかない?」

という女の子の声がした。

ふり向くと、そこに、マキたちと同じくらいの女の子と、妹と思われる、やせて、青白い顔の女の子が立っていた。二人とも、祭りの日だというのに、つぎはぎだらけのセーターに、だぶだぶのスカートをはいている。

「祭りよりおもしろいものって、何？」

さえ子がきいた。

「ついてきたら、見られるよ」

上の子が、意味ありげな顔でマキを見た。

「どこにあるの？」

マキがきくと、

「すぐ近くだよ」

といいながら、二人は先に立って、人混《ひとご》みの中を歩き出した。

「どうする？」

マキはなんとなく、気のりがしなかった。

「なんだか知らないけど、サーカスよりおもしろいっていうんだから、行ってみようよ」

二人は、女の子たちについて、神社の人混みから外へ出た。

神社の前の大通りでは、そろいの衣装《いしょう》の子どもたちが、山車《だし》を囲んで楽しそうにおどっている。マキたちが見とれていると、

「早くう」

と、女の子たちがせきたてた。

表通りから横丁へ入ると、表通りのにぎわいがうそのような、ひっそりした場所に出た。あたりには、旅館や小料理屋などが軒《のき》を並《なら》べている。

人通りもなく静かだ。

二人の女の子は、どんどん路地の奥《おく》へ進んだ。行き止まりは、旅館の離《はな》れのような建物の裏手《うらて》だった。

「この中だよ」

年上の子が、小声でいった。

「こんなとこに、何があるの?」

さえ子がきいた。

「男と、女が、な、な」

上の子が下の子にいった。

「うん、な」

下の子がうなずいた。

「男と女が、なんなの?」

マキがきいた。

「いいから、見てみなって。サーカスより、何倍もおもしろいんだから」

見ろ、といったって、目の前は高さ、一メートル半はあるコンクリートの塀《へい》。

下の女の子が、塀のすそにあしらった鉄平石《てっぺいせき》を足がかりにして、器用に登り、中をのぞきこんだ。

「あ、やってる、やってる」

そういって、女の子は軽々と塀から飛びおりた。

「その手さげ、持っててやるから、あんたらも登って見なよ。早く見ないと、終わっちゃうよ」

と上の子がいった。

二人は、お弁当《べんとう》の入った手さげを二人にあずけ、塀を登りはじめた。

女の子たちのようにはうまくいかない。二人が何度も足をすべらせているうちに、二人の女の子が、手さげを持って走り出した。

気がついたマキは、

「さえちゃん、わたしら、だまされたよ。あの子たち、わたしらの弁当とるつもりで、こんなとこへ…」

と、まだ夢中《むちゅう》で登ろうとしているさえ子にいった。マキは道へとび降《お》りた。そのひょうしにひざを打った。

「やられた。あの子たち、スリより悪いよ。わたしらをわなにかけて。よしっ、追っかけよう」

さえ子はマキの手を引っぱって走り出した。

女の子たちは、路地から横丁の道へ、神社のわきの道を、どんどん走っていく。

そのあとを追いかけたマキたちは、神社の裏《うら》の杉《すぎ》の森をこえたあたりで、やっと二人に追いついた。

女の子たちもマキたちも、ハアハア息をついた。

「あんたら、悪い子ねえ。人をだまして、弁当《べんとう》を取ったりして。返しな」

さえ子が下の子から、自分の手さげを取り返した。

上の女の子は、マキの手さげを持って、どんどん走っていく。下の女の子が、ペタリと道にすわりこんで泣き出した。

「お弁当、ちょうだいよう。それ持っていかないと、父ちゃんにサーカスへ売られちゃうよう。こわいよう」

といって泣きじゃくっている。

サーカス
CIRCUS
サーカス

マキはなんだか、女の子がかわいそうになってきた。

さっき、テントのすき間から見た、空中ブランコのりの男女の姿《すがた》が目に浮《う》かんだ。

去年の祭りの日に、かあさんとサーカスを見たとき、マキが感動して見ていると、

「あの子たち、子だくさんな、貧《まず》しい家からサーカスに売られた子たち。あんなふうに一人前になるまでには、親方に体が赤むけになるほどムチで打たれて訓練されるそうよ」

と、かあさんがいった。

「ねえ、さえちゃん、お弁当《べんとう》、この子にあげて帰ろうよ」

「だめだよ。ほしけりゃそういえばいいのに、わなにかけて、さ。マキちゃんのひざにけがさせて、あ、血が出てる」

ひざがひりひりしていたけど、追いかけるのに夢中《むちゅう》で、マキは気がつかなかった。

「こんな目に合わされて。マキちゃん、弁当あげるなんて、やだよ」

「でも、サーカスに売られるって。この子がかわいそう」

「そうだけど…」

しくしく泣き続ける女の子をどうしたものかと考えていると、上の子が立ち止まった。

「とーくーみー」

と大声で呼《よ》ばれると、下の子ははじかれたように立ち上がり、一目散に走っていった。

「あとをつけよう。サーカスに売るなんて子どもをおどして、悪さをさせる親の顔、見たいよ」

さえ子は女の子たちを追って走った。

町並《まちな》みが切れたあたりから、人家はまばらになり、大根や白菜の畑が続いている。

女の子たちは、畑の中の道を通りぬけ、向こうに見える小屋のような家へかけこんだ。

家とは名ばかりの、古板や古トタンでまわりをかこみ、屋根も古トタンを打ちつけただけの粗末《そまつ》な家だった。

近よって見ると、へんなものが目についた。

ドラム缶《かん》の上に大きな鉄釜《てつがま》がかけられ、釜からは湯気が上がっている。ドラム缶は、へっつい代わりで、中で火をたいていた。

と、家の中から男の人が、白や桃色《ももいろ》や花柄《はながら》などの、まるめた布《ぬの》を抱《かか》えてきて、釜の中へ放りこんだ。

男の人は、そばに立てかけてあった長い竹の棒《ぼう》で、釜の中をかきまぜている。

古びた茶色の服を着て、ひたいのはげ上がったその男を、どこかで見たような気がした。

あの頭に、鳥打《とりう》ち帽子《ぼうし》をのせれば……。

「あ、善助《ぜんすけ》！」

二人は同時にいった。

そのとき、祭り帰りらしい荷物をたくさん持った中年のおばさんがマキたちの横を通りかかった。

「あんたら、そんなとこにつっ立ってると、病気がうつるよ。ここんちにはね。かみさんと子どもが肺病《はいびょう》で寝《ね》てるんだよ」

といった。

善助《ぜんすけ》を見て、

「ああやって、かみさんや子どもが着たものや使ったものを釜《かま》でゆでて熱湯消毒してるつもりだろうけど、何の効果《こうか》があるもんか。さっさと療養所《りょうようじょ》へ入れれば、こっちも安心して暮《く》らせるものを。ああやって、病人が死ぬのを待ってるんだ。さ、あんたらも、さっさと行きな」

おばさんは手で追いはらう仕ぐさをしながらいった。

「わたしたち、あの家の子に弁当《べんとう》、だまされて取られたのよ」

「なに？　弁当を？　くれちまいな。あの家に持ちこんだんじゃ、ばい菌《きん》まみれさね」

マキたちの姿《すがた》を見て、善助が近づいてきた。

「わたしたち、おじさんとこの子らに、弁当とられたのよ。子どもをおどして、悪いことさせるなんて、ひどいよ」

さえ子が顔をこわばらせていった。

善助がまじまじと二人の顔を見た。

「あんた、草川村《くさかわそん》の峰尾《みねお》さんとこの子。そうだ、あんたは杉山《すぎやま》さんとこの子だ。なに？　うちの子が何したって？」

「うそついて、お弁当とったのよ」

さえ子が善助につめよった。マキはこんなとき、ドキドキする胸《むね》をおさえているだけ。

善助が何かいおうとしたとき、家の中から子どもの泣き声がきこえてきた。

「わたしにも分けてよう」

泣き泣きいっているのは、とくみ、と呼《よ》ばれた子にちがいない。

マキは、善助はきらいだけど、子どもたちがかわいそうになってきた。

マキたちは食べ物に不自由はしていない。一食くらい食べなくても平気だ。

さえ子も同じ気持ちになったのだろう。家へ向かって歩きはじめた善助を呼びとめた。

「おじさん、これ、あの、泣いてる子に上げてよ。だから、子どもたちに、悪いこと、させないでね」

善助はにやにや笑いながら、もどってきた。

さえ子が弁当を渡《わた》すと、それを受け取った善助のお腹《なか》が、ググーッと鳴った。

マキたちは、バイ菌《きん》がこわくなり、急いで神社めざして走り出した。

途中《とちゅう》で呼吸《こきゅう》を整えていると、さえ子がいった。

「なーんか、いやな気持ち。だって、あの子たちに弁当《べんとう》一個《こ》あげたって、食べ終わったらまた、同じことやるんでしょ。何の足《た》しにもなりゃしない」

マキも同じ気持ちだった。

「せっかく二人だけでお祭りに来て楽しかったのに。あんな子たちのこと、真に受けて…。お腹《なか》すかせちゃって。ごめんね」

「別に。さえちゃんだけが悪いんじゃないし。気にしてないよ」

再び松原神社《まつばらじんじゃ》の境内《けいだい》を歩きながら、さえ子がいった。

「でもよかった。お金を手さげに入れとかないで。帰りのバス代もなくなったら、ねえ」

「善助《ぜんすけ》の家を見つけたこと、大発見よ」

「さっき、指輪を買わなかったから、だったりして」

「まさかぁ」

二人は大笑いした。

神社へもどった二人は、目当ての、せとものの人形を買い、父さんたちへのみやげに、カヤの実の豆板とニッキ飴《あめ》を買った。

マキは父さんに、善助の家の話をした。

「そうか。ずいぶん貧《まず》しい暮《く》らしをしていると、うわさにはきいていたが、それほどとはなあ」

あくる日、父さんは、オート三輪で松原町へ行く高梨《たかなし》さんに、精米《せいまい》一斗《と》と、甘柿《あまがき》をたくさん入れた袋《ふくろ》を、善助の家にとどけてくれるようにたのんだ。

マキはふしぎな気がして父さんにきいた。

「どうして、あんな悪い人、助けるの？」

「たしかに。あの男は、戦争のとき、三月十日に東京の家を焼かれ、親せきをたよって松原町へ来たそうだ。そこも貧しく、善助一家を養えるような状態《じょうたい》じゃなかったとか。わしは、世の中の大変な人たちみんなを助けるほどの力はないけど、目の前の、一生懸命《いっしょうけんめい》に生きてもどうにもならない人、一人くらいならなんとか……。あの男も、そんな病人を抱《かか》えてちゃ、まともな働き口もないだろうしな。だけど、米も柿も、善助に上げたんじゃないよ。病人と、子どもたちにあげたんだから」

それからも、善助の家に、マキの小さくなった洋服や、食べ物を何回かとどけた。

マキは、父さんの気持ちがやっと、わかった気がした。

善助のかみさんと、病気の子どもは、高梨さんと父さんの世話で、富士山《ふじさん》のふもとの、国立の療養所《りょうようじょ》へ入院させた。

そのあと、善助《ぜんすけ》の家は畑の持ち主によって取りこわされ、元の畑にもどったそうだ。

善助と二人の子どもがどうなったのか、うわさする人もなく、善助たちの行方《ゆくえ》はわからなかった。


しばらくたったある日、松原町《まつばらちょう》からかなり遠い、海辺の村に住むマキのおじさんがやって来た。

「このごろ、うちの村に、なんでも屋の善助なんていう見なれない男が出入りするようになってな。便利なところもあるんだが、ときどきあこぎなかせぎをすることもあるんだ。この間も、青森から持ってきたといって、リンゴの木箱に入ったのを、トラック一杯《いっぱい》積んできた。米やサツマイモと交換《こうかん》していったんだけどな。見本に開けた箱のリンゴが、あんまり立派《りっぱ》だったので、みんな、信用して物ぶつ交換《こうかん》したんだけど。善助が行っちまってから箱を開けて見たら、馬も喰《く》わないようなくずリンゴさ。やつには気をつけなくちゃって、村のみんなと話し合ったんだよ」

おじさんの話をきいた父さんは、にが笑いしていた。

マキは、善助が悪いことをしなくても生きていける世の中に、早くなるといいな、と思っていた。

富代《とみよ》ちゃん 『脱出《だっしゅつ》作戦』

マキの父、峰尾雄大《みねおゆうだい》。百二歳《さい》の大往生《だいおうじょう》だった。生きていたときは、なにかと他人の世話ばかりやいていたせいもあって、ひなびた村の葬式《そうしき》にしては、おどろくほどの参列者だ。ざっと二百人以上はいる。

まさに出棺《しゅっかん》、というとき、マキの家の玄関《げんかん》にタクシーがとまった。中から黒い和服の、髪《かみ》の白い女の人が降《お》り立《た》ち、みんなの立っている列の端《はし》の方へそっと立った。

みんなは、その女の人に一せいに注目し、

「だれ？」とささやき合っている。

ふと見たマキは、それがだれだかすぐわかった。

富代《とみよ》ちゃんだ。ずっと会うこともなかった同級生。マキは、富代のもとへ歩いていった。

マキと目が合うと、富代は、ふーっとひと息、息をついて、

「生きていらっしゃるときに……」

といって涙《なみだ》ぐんだ。

む、か、し

昭和二十七年。中学を卒業して、高校に合格《ごうかく》し、四月から町の高校へ通うマキは、自分の部屋に、ハンガーにかけてつるしてある制服《せいふく》を、何度も着たり脱《ぬ》いだり、ながめたりしていた。その日も、まだ朝の六時前だというのに、目がさめて、おじさんから入学祝いにもらった黒い皮の学生カバンを、開けたり、閉《し》めたりしていた。と、外で父の声がした。

「おい、マキ、この子、おまえのクラスの子じゃなかったかな」

縁側《えんがわ》へ飛び出してみると、父は、なんだかけばけばしい着物を着た女の人を、肩《かた》からおろして縁側へ寝《ね》かせた。

「富代ちゃんだよ。でも、なんで？」

「今な、桃畑《ももばたけ》へ雛様《ひなさま》にかざる桃《もも》の枝《えだ》を切りに行ったら、畑の土手に倒《たお》れてたんだ」

富代はぐったりしている。足袋《たび》は白だったらしいが、泥《どろ》にそまっている。はきものははいていない。

富代《とみよ》とマキはあまり親しくはなかった。富代は「人形みたい」といわれるほど、目鼻だちがくっきりしていて、みんなから、きれい、かわいい、ともてはやされていた。富代もそういわれてうれしいらしく、そういってくれる子たちと仲間を作っていた。

性格《せいかく》もおとなしく、見た目もごくふつうの女の子のマキは、クラスでも目立たなかった。富代はそんなマキを、気にもかけていなかったし、マキも富代に親しみを持てなかった。

「富代ちゃん、どうした、しっかりしろ」

父が富代のほほを軽くたたいた。

「あ、お、じ、さ、ん…たすけて。わたしをかくして……」

富代を座敷《ざしき》に上げて、母とマキで、富代のよごれた着物を脱《ぬ》がせ、体を拭《ふ》いて、マキの服に着替《きが》えさせた。

そこへ父が入ってきた。

「座敷におくのはまずいかも。事情《じじょう》がありそうだ。納屋《なや》の天井部屋《てんじょうべや》へ入ってもらおう」

父がふとんを納屋へ運び、富代をうながして天井部屋へ入れ、部屋の入り口にワラ束を積み上げたので、富代がいるのは、下から見上げても見えない。はしごは壁《かべ》に立てかけた。

「よし。富代ちゃん、しばらくの辛抱《しんぼう》だ。食べ物や、必要なものは運んであげるからな」

富代にそう声をかけて、父が、マキにいった。

「このことは、だれにもいうな」

「はい。わたしは大丈夫《だいじょうぶ》」

マキはきっぱりいった。

いろりのそばへあぐらをかいて座《すわ》った父は、少し声をひそめて話し出した。

「夕べね、へんなうわさをきいたんだ」

富代ちゃんは、どうも売られたらしい、というのだ。

「売られたって？　今は江戸時代《えどじだい》じゃないよ。人買いなんているわけない」

「いや、まだな、山奥《やまおく》の村では、そんなことがときどきあるらしい。年季奉公《ねんきぼうこう》みたいな約束で男の子をつれていったり、女の子を色里《いろざと》へ売ったり。まさか、富代ちゃんにそんなことが起こるなんて……」

富代は、もともと杉田《すぎた》さんちの娘《むすめ》ではない。富代は実家があった名古屋市内で昭和十九年冬にアメリカ軍の空襲《くうしゅう》にあって焼け出され、遠い身内の杉田さんを頼《たよ》ってやって来た子だった。親や兄妹の行方《ゆくえ》はわからず、ずっと杉田さんの家で暮《く》らしていた。

「だから、富代ちゃんは逃《に》げたんだろうな。しばらく、かくまってやろう。そうだ、桃《もも》の枝《えだ》を切りに行かなくちゃ」

父はそういって家を出ていった。

富代《とみよ》のようすを見ようと、マキは納屋《なや》の天井部屋《てんじょうべや》へのぼっていった。

富代は落ちついているように見えた。

「大丈夫《だいじょうぶ》？」

「ごめんね。マキちゃん」

「いいよ。どうしたの？」

「わたしね。愛知県の紡績工場《ぼうせきこうば》へ就職《しゅうしょく》が決まってたでしょ。そしたら、三月末に、なんでも屋の善助《ぜんすけ》って人が来て、その人の世話で、大きな料理屋だか旅館だかへ行くように、杉田《すぎた》のおじさんと決めたの。その人が、きのう迎《むか》えに来て、『この着物を着てみな』なんて。杉田のおばさんに着せられた。その人が『おお、なかなかの上玉《じょうだま》だ。こりゃあ大《だい》のかせぎ頭《がしら》になるな』なんていって。杉田のおじさんまで『富代がうんと客取って、店は大繁盛《だいはんじょう》でさあ』そんなこといいながら酒飲んでた。何のことか、うすうすわかるじゃない。わたし、そんなところへ行きたくない。で、あやめ川に身投げして死んだ方がまし……」

「それで、桃畑《ももばたけ》の道を……。死ぬなんて考えないで、ここにいて。父さんが何かいい方法を考えてくれるから」

あやめ川というのは、マキの家から五百メートルほど西を流れる、富士山《ふじさん》の熔岩流《ようがんりゅう》でできた、巾《はば》六十メートルから、広いところは百メートルもある大きな川だ。ところどころに底知れない深い渕《ふち》がある。その渕に落ちると、底へ底へと引きこまれ、二度と浮《う》き上《あ》がることができない、といわれている。

「富代ちゃん、のど、かわいてない？　水持ってこようか」

マキが水を汲《く》みに台所へ行くと、外で男の人の声がした。

「峰尾《みねお》さん、うちの富代が来てないかね」

あ、杉田のおじさんだ。マキは体がふるえてきた。「いないよ」なんてうそ、うまくいえそうもない。

どうしよう……と思っていると、父さんの声がした。

「おや、杉田さん、おはよう」

「峰尾さん、実は、うちの富代がゆうべ家出したらしくて。ここへ来る途中《とちゅう》、はきものが片《かた》方《ほう》落ちてたもんで。この道は峰尾さんとこへ通じてるから、ひょっとして……」

「富代ちゃんが家出って？　どうしてそんな」

「まあ、……ここだけの話だけど。あの子は愛知県の紡績へ行くことになってたけどね。へへ。ある人が、あの子の器量を見込《みこ》んで、紡績の何倍も金がかせげる大きな割烹《かっぽう》旅館へ世話してくれるっていうんで。おまけに支度金《したくきん》までね。へへへ」

「そんな。富代ちゃんが決めることでしょうに」

「いや、そうはいかないよ。あれが名古屋を焼け出されてきてからずっと、人並《ひとな》みに飯を食わせ、着る物着せて、教育だって、義務教育《ぎむきょういく》もはたさせてもらった。うちの子らと平等にだよ。あれはまたいいとこの子で、他人に近い子を養ってきただよ。少しはいい思いをしたって、へへ、悪かあないでしょ。へへ」

マキはドキドキしていた。杉田《すぎた》の声は大きい。富代《とみよ》のところへもきこえているだろう。

「杉田さん。義務教育は親の義務じゃなくて、国民の義務なんだよ。そんなことで、富代ちゃんに恩《おん》を着せるなんて……。富代ちゃんはうちには来てないよ」

「そうかい。じゃオレは、隣《となり》の地区の家をきいてまわるから」

マキの家の裏門《うらもん》から入ってきた杉田は、ぶつぶついいながら、今度は表門から県道へ出ていった。

「杉田さんがあんな考えじゃ、富代ちゃんがかわいそうだ。いっそのこと……」

父は何を思ったのか、縁側《えんがわ》のすみに、ぼろ風呂敷《ぶろしき》につつんでおいてあった、富代の着ていた着物の包みをかかえると、もう一度、桃畑《ももばたけ》の道を、あやめ川へ向かって下っていった。

その着物が見つかったのは、あやめ川の、マキの家のあたりから一キロメートルも下流だった。流木が川の流れをせき止めている場所で、流木にからんでいるのを、川のほとりに住んでいるおばあさんが見つけて、その村の派出所《はしゅつじょ》へ届《とど》け出《で》たのだ。

おばあさんが、

「こんな着物を捨《す》てる人もおるまいし、若《わか》い娘《むすめ》が晴れ着を着て、入水《じゅすい》自殺でもしたんじゃないかねえ」

といったので、派出所では町の警察《けいさつ》をたのんで川を捜索《そうさく》した。

遺体《いたい》はどの渕からも発見できなかった。同時に、裸《はだか》の娘を見なかったか、村じゅうきいてまわったが、だれも見た者はいなかった。

そんなさわぎのあと、マキと母は、マキの通学の定期券《ていきけん》を買うために、マキの家のそばのバス停からバスに乗った。

次のバス停から、県道の向こうに住んでいる、さえ子が乗ってきた。

「あれ、さえちゃん、どうして家の前のバス停から乗らなかったの？」

「今ね、うちにへんな人が二人来てるの。タバコの乾燥室《かんそうしつ》、今、使ってないじゃん。そこを貸《か》してくれっていって。何するのかきいたら、『この道を通る人の数を調べる』とかいってるけど、どうも、マキちゃんちを見張《みは》ってるみたいなんだ。マキちゃんたちがバスを待ってるのを見たから、わたし、一しょだとあの人たちのこと、しゃべったと思われそうで…。裏道走ってここから乗ったわけ。富代ちゃんがいなくなったことと、関係《かんけい》あるのかしらね」

「うちなんか見張《みは》ったって、何もないのに。ほんと、へんな人たちねえ」

母は、顔色も変えずにさえ子に話を合わせていたが、マキはドキッとした。あやめ川に身を投げたらしい富代《とみよ》の身体《からだ》が見つからないばかりか、裸《はだか》の女の子を見た人もいない、ということは……杉田《すぎた》たちは、やっぱり峰尾《みねお》の家が怪《あや》しい、と思ったのだ。もし、富代をかくまっていれば、いつかは富代をどこかへつれだすか、どうかしなければいけなくなるにちがいないと思ったのだ。

マキたちが昼食を食べていると、時間を計ったように、物売りが来た。思えば、あれもマキの家に余計《よけい》な人がいないか、偵察《ていさつ》に来たのだ。

マキの家の動きを、さえ子の家のタバコ乾燥棟《かんそうとう》から見張って、富代を取り返そうとしているのだ。そろそろ、富代を安全なところへ逃《に》がさなくては、今に見つかってしまう。

その夜、父にそれらのことをいうと、父は、

「富代ちゃんも不自由だろうし、手は打っている」

といった。

「こんなときは、お芝居《しばい》しましょ。マキ、明日、病気になって、町の医者に行くの。もちろん、行くのは富代ちゃん。マキは天井部屋《てんじょうべや》。みんなで、うまくやるのよ」

ふだんはおとなしい母が、なんだか茶目っ気たっぷりな顔で、父とマキに自分の考えてい

ることを話した。

次の日、朝早く、父は仕事に使う小型トラックに、取っておきのガソリンを入れて、エンジンの調子を見ていた。

母は荷台にゴザを敷《し》いて、その上に布団《ふとん》を敷き、そこへ、ひたいにぬれタオルを目までかぶせた富代を寝《ね》かせた。布団を顔近くまで引き上げたので、寝ているのがだれだかわからなかった。荷台に幌《ほろ》をかけると、積んであるものもわからなくなった。

朝早いエンジンの音をききつけて、さえ子がとんできた。さえ子の母も後からついてきた。

「どうしたんですか。何かあったんですか」

心配そうに、さえ子の母が荷台をのぞきこんだ。

「マキが、ひどい熱なんです。高校の入学式までに元気にならないと……。お父さん、早く行ってください。わたしも、入院に必要なものを持って、一番のバスで行きますから」

後のほうは、さえ子たちにいうように、マキの母はいって、あたふたと家に入った。

父はトラックを発進させ、県道を下っていった。そのとたん、さえ子の家のタバコ乾燥棟から、二人の男が引きつった顔で道へ出てきた。男たちに、さえ子の母が、

「あら、ごくろうさん。マキちゃんがひどい熱で、今、峰尾さんがあわてて町の病院へつれてったのよ」

といった。

「ほんとうか」

男の一人がいった。

「ほんとうにもなにも。ほかにだれがいるんです？　マキちゃんでしたよ。まちがいなく」

男たちは、舌打《したう》ちしながら、どこかへ行ってしまった。これは、さえ子がマキに話したことだった。

父と母が出ていった後、父母が帰ってくるまで、マキは姿《すがた》を消していなくてはいけない。

納屋《なや》の天井部屋《てんじょうべや》は富代《とみよ》がいたときのままになっていた。

四月になったとはいえ、まだ寒さは残っていたので、マキは、敷《し》いてあった布団《ふとん》にもぐって、ドストエフスキーの『罪《つみ》と罰《ばつ》』を読んでいた。

そのうち、お腹《なか》が空いてきた。朝持って上がったおにぎりとお茶で、お昼ご飯をすませた。

しばらくすると、トイレに行きたくなった。

はしごは母が出かけるとき、向こうの壁《かべ》に立てかけていった。

父か、母がもどらなければ降《お》りられない。しかたなく、富代のために母がおいたおまるで用を足した。

富代の不自由がわかる気がした。

陽《ひ》が落ちて、あたりがうす暗くなったとき、父と母が帰ってきた。

父は、すばやくトラックから降《お》りると、天井部屋《てんじょうべや》にはしごをかけてくれた。マキは大いそぎで降りて、パジャマのまま車のわきに立った。

そこへまた、トラックの音をききつけて、さえ子とさえ子の母がかけつけた。

「マキちゃん、どう？　あら、入院しなくてよかったんだ。たいしたことなくて、よかったねえ」

さえ子の母が、いかにも心配していた、というようにマキを見ていった。

「さあ、マキ、早く上がって、寝《ね》なさい」

マキにそういった父は、さえ子たちに、

「病院で点滴《てんてき》打ってもらったら、熱も下がったし、レントゲンも大丈夫《だいじょうぶ》だからって、医者がいうもんでね。つれて帰ったところですよ」

といった。

「そうでしたか。マキちゃんお大事に」

二人は帰っていった。

家族だけで、安心して夕飯を食べているとき、父が、ほーっと深いため息をつきながらいった。

「うそは疲《つか》れるなぁ。方便とはいえ、やっぱりおれには不得手だ。でもな、富代《とみよ》ちゃんは大丈夫だ。おれがこの世でいちばん信頼《しんらい》できる友人にあずけてきたから。後は富代ちゃん次第《しだい》だ。幸せになってくれるといいが」

どこの町の、なんという家か、など、細いことは何一つ父はいわなかったし、マキも、知る必要もないことだと思った。

富代があやめ川に身を投げて死んだらしい、といううわさは、またたく間に広まった。あやめ川の、どこかの渕《ふち》に身を投げた富代は、渕の底の複雑《ふくざつ》な洞窟《どうくつ》の奥《おく》に吸《す》い込《こ》まれて、もう、だれにも見つからないのだ、と、だれいうとなくそう伝わった。

そのうわさは、杉田《すぎた》の家族への非難《ひなん》となった。杉田のおやじは、あずかった遠縁《とおえん》の娘《むすめ》を、わずかばかりの金に目がくらんで、ぜげんに売った、といって、家に石を投げる者なども出て、村に住みにくくなり、その年の五月の半ばに、どこへともいわずに、一家で村を出ていった。

そ、し、て

父の葬列《そうれつ》は、県道をゆったり下りながら、隣町《となりまち》の火葬場へ向かった。

マキは、夫と、三人の子どもたち、孫たちと共に、ゆっくり歩きながら、自分は、峰尾《みねお》の家を守るために、この村を出なかったけれど、まあ、幸せに暮《く》らせている、と思った。

火葬場《かそうば》で父の骨揚《こつあ》げを待つ間、マキは富代《とみよ》と話していた。


あの日、峰尾のおじさんは、町の駅に着くと、駅前広場へ車をおいた。わたしたちは、ちょうど来た電車に乗った。富士駅《ふじえき》で東海道線上りホームで汽車を待っているとき、

「おじさん、どこへ行くの？」

ときいた。

「うん。着けばわかる」

そこへ、C62「つばめ号」という、急行の蒸気機関車《じょうききかんしゃ》が入ってきた。それに乗って、東京まで行くのだろうか、と思っていると、藤沢《ふじさわ》という駅で降《お》りた。

バスに乗って海の近くまで行き、大きな工場のような建物の前で降りた。

その工場へ入っていった峰尾さんは、峰尾さんと同じくらいの年の男の人と一しょに出てきた。

「富代ちゃん。立花《たちばな》さんだ。この人が富代ちゃんをここで働かせてくれる。もちろん、住《す》み込《こ》みでだ。もう、何も心配はいらない。しっかり働きなさい」

「はい。おじさん。ありがとうございます」

「汽車の時間があるからこれで。立花さん、富代ちゃんをよろしく」

それからわたしに、

「クラスの友達《ともだち》や、知人に、手紙とか出さないほうがいいよ。富代ちゃんは生まれ変わった気持ちで生きていくといい」

といって、おじさんはそそくさと帰ってしまった。

わたしは、立花さんの家の中のことや、いろいろなことを一生懸命《いっしょうけんめい》やった。朝早くから夜寝《ね》るまで。でも、なんだか安心していられるので、なにも苦にならなかった。

立花さんの家は、立花電気工業といって、国鉄の電車の電球とか、電車の電気系統《でんきけいとう》とかそんなものを作る会社だった。

昼間は工場の作業をして、従業員《じゅうぎょういん》の人と一しょに働いた。

あるとき、立花さんがいった。

「富代ちゃん、よかったら、わたしたちの養子になってくれないかね。わたしたちには子どもがいないので、この工場の行く末を考えると、心配になってね。考えてくれないか」

名古屋の家族も行方《ゆくえ》不明だし、自分の身のおきどころは、ここしかない、と思って、その話を承諾《しょうだく》した。

「富代《とみよ》ちゃん、一年遅《おく》れるけど、今から勉強して、来年、高校を受けなさい。工場の作業にはもう出なくていいから」

立花《たちばな》さんがそういってくれたので、一生懸命《いっしょうけんめい》勉強して、次の年、高校に入学して、卒業した後、短大へ行った。

立花さんは、戸籍《こせき》のこともきちんとしてくれて、それからわたしは、二人のことを、お父さん、お母さん、と呼《よ》んで、ほんとうに幸せな人生を送れた。

いつも、峰尾《みねお》さん、マキちゃんのお父さんに心から感謝《かんしゃ》して、健康《けんこう》を祈《いの》りながら暮《く》らしていた。

立花さんは、時々、峰尾さんと連絡《れんらく》し合っているらしく、峰尾さんは元気だよ、とわたしに話してくれた。

今朝、目覚めぎわ、わたしはすごい胸《むな》さわぎでとび起きた。

だれかが『峰尾さんが亡《な》くなった』と耳元で、信じられないほどはっきりした声でいった。

これは、正夢《まさゆめ》かもしれない。

気がついたら喪服《もふく》を着て、電車に飛び乗っていた。

「でも、お別れができてよかった。おじさんへのご恩返《おんがえ》しは何一つできなかったけど」

「富代ちゃんが幸せに生きていられるのが父の安心、父の喜びだったと思うの」

何十年もの空白を経《へ》た富代とマキ、これからは、ほんとうに友達《ともだち》になれそう、とマキは思っていた。

佐藤ふさゑ（さとう　ふさえ）
静岡県出身・東京都在住
第11期日本児童文学学校修了
創作を故関英雄氏・故菊地ただし氏、岩崎京子氏に師事。
児童文学「トテ馬車」「さん」の会同人。
「月夜のアオウミガメ」「四万円のノラネコ」「だいすき富士山」など、
アンソロジー作品多数。エッセイ・詩。

なかの　よしこ
女子美術大学産業デザイン科卒業
K.K.博報堂にデザイナーとして勤務
退社後フリーイラストレーターとして現在にいたる。
公募展、個展、グループ展で　銅版画を発表。
2006年～『イラストと手づくり絵本』教室主催。
2009年ボローニァ国際絵本原画展入賞
Society of Illustrators NY 会員

マキおばあちゃん、五年生だったころ

発行日　二〇一一年七月二十日　初版第一刷発行

著　者　佐藤ふさゑ
装挿画　なかの　よしこ
発行者　佐相美佐枝
発行所　株式会社てらいんく
〒二一五-〇〇〇七　川崎市麻生区向原三-一四-七
TEL　〇四四-九五三-一八二八
FAX　〇四四-九五九-一八〇三
振替　〇〇二五〇-〇-八五四七二
印刷所　株式会社厚徳社

 ISBN978-4-86261-086-7 C8093